D1740827

Pierre Siniac

L'unijambiste de la cote 284

Gallimard

Né à Paris en 1928, d'origine franc-comtoise. Descend de Charlemagne (la grand-mère de son arrière-grand-père maternel, née en 1765, s'appelait Jeanne Charlemagne). Natifs de Rahon et d'Aumur, villages proches de Dole, immédiatement voisins de Villers-Robert, où Marcel Aymé passa son enfance et sa jeunesse, les ancêtres maternels de Siniac (en remontant jusqu'à l'époque de Louis XIV) sont de véritables personnages de *La Vouivre* ou de *La jument verte*. Qualifié par Manchette d' « auteur de polars le plus original et remarquable des vingt dernières années » et surnommé « le Samuel Beckett des fauchés » par Raphaël Sorin. Sa verve, son imagination, son goût de la farce énorme en font un des écrivains français actuels les plus curieux et les plus originaux.

Parmi ses ouvrages les plus connus :
Les morfalous (1968) ; *Le casse-route* (1969) ; *La nuit du flingueur* (1969) ; *Les monte-en-l'air sont là !* (1970) ; *L'increvable* (1970) ; *Deux pourris dans l'île* (1971) ; *Les sauveurs suprêmes* (1971) ; *Luj Inferman' et la Cloducque* (1971) ; *Les 401 coups de Luj Inferman'* (1972) ; *Les cinq milliards de Luj Inferman'* (1973) ; *Si jamais tu m'entubes* (1974) ; *Les congelés* (1974) ; *Des perles aux cochonnes* (1977) ; *Reflets changeants sur mare de sang*, nouvelles (1980) ; *Luj Inferman' chez les poulets* (1980) ; *Folies d'infâmes*, nouvelles (1983).

AVANT-PROPOS

Pierre Siniac est le type même du père indigne. Deux de ses rejetons, Luj Inferman' et La Cloducque, peuvent être considérés comme des insultes à l'Humanité. Dans les nouvelles qui suivent, le lecteur sans moralité pourra se régaler en retrouvant la méchanceté innée, l'impitoyable démence, la fantaisie trois fois horrible de cet auteur absolument pas respectable, mais dont on dira peut-être un jour qu'il a promené, sur ce siècle excessif, un miroir pas tellement déformant, quoique intensément drôlatique.

Quant à ceux des lecteurs qui en redemanderont, d'autres nouvelles de Pierre Siniac leur seront sous peu proposées dans un second volume intitulé « Reflets changeants sur mare de sang ».

*L'unijambiste
de la cote 284*

I

— Ils étaient cinq dans la guimbarde...
Quand je dis la guimbarde... C'était un bon
camion, aménagé exprès pour ces messieurs...
Couvertures... paniers de victuailles... C'est
tout juste si on ne leur avait pas remis des
bouillottes et une chaufferette pour leurs pieds,
à cause des courants d'air... C'était aussitôt
après la première vague de l'offensive Nivelle.
Moi, vous comprenez, j'en revenais... Je n'étais
à Paris que depuis six jours... Là-bas, à
Craonne, au Chemin des Dames, j'avais vu des
tas de pauvres types se faire trouer la peau...
Des morts et des morts ! On avait tout de suite
su que c'était pire qu'à Verdun... Parce que,
cette fois, ça mènerait où ? C'est d'ailleurs là que
mes deux frangins se sont fait bouziller. Un à la
mi-avril, le deuxième onze jours après ! C'est
vous dire que j'étais pas chaud pour retourner
là-haut. Faut vous préciser que j'avais été déta-
ché exceptionnellement à Paris. Un général —
je vous dirai pas son nom — devait quitter son
P.C. sur le front et se rendre à Paris. Pour quelle

raison ? Je l'ai jamais su. Mais c'était important.
Bref, voilà que la veille du départ du général,
son chauffeur se fait bêtement buter par un éclat
de shrapnell, juste devant Berry-au-Bac...
« Fallioux, vous conduirez le général à Paris »,
me dit mon pitaine, comme ça, brusquement. Il
savait que j'étais chauffeur de maître dans le
civil... Et faut dire qu'ils n'avaient personne
d'autre sous la main, rapport à l'hécatombe
toute récente qui avait décimé presque complètement le régiment. Me voilà donc parti au
volant d'une voiture, le général derrière avec
deux cantines pleines de paperasses. Pour moi,
vous pensez, c'était l'aubaine la plus inattendue
et la plus belle ! Je pris la route de Soissons,
direction l'arrière, et en voyant les pauvres gars
qui montaient au front, dans le sens inverse,
j'avais le cœur serré, je vous le dis. On entendait
tonner le canon, et je compris que Nivelle allait
remettre ça. Comme si y avait pas eu assez de
sang ! A ce moment, les gars n'étaient plus
chauds, fallait voir leur bille ! Et ça commençait
à murmurer dans les rangs. Même le général
s'en rendait compte. Bref, nous on roule vers
l'arrière. L'officier supérieur était un chic type.
Il m'a offert un repas dans une auberge de
Crouy. Un repas joliment arrosé. A la même
table, mon vieux. Un brave gars, pas bégueule.
D'abord, c'était un Normand, et quand il a
appris que j'avais été chauffeur au château de
Bauquetot, il m'a vraiment eu à la bonne : mes
patrons étaient des amis à lui... ils allaient
parfois à la chasse ensemble... Un vrai ban-

quet... la gnôle, et en route. On sort complètement de la zone de feu, le bruit du canon était
maintenant très lointain... un peu comme un
orage qui meurt... Je pensais toujours aux
copains, rescapés de la première offensive. Derrière, le général lisait des papiers... Villers-
Cotterêts. Barrage de gendarmes. On nous
laisse tout de suite passer, rapport au général. Si
vous aviez vu leur gueule, aux gendarmes ! Des
bouledogues ! Dire que c'étaient eux qui se
pavanaient à l'arrière, alors que les bons petits
gars à bouille sympathique se faisaient trouer la
paillasse à cinquante bornes au nord ! Bref.
Nous voilà en route. On entre dans la France
calme de l'arrière, avec de jolies maisons intac-
tes et des civils qui n'avaient pas l'air de s'en
faire, j'aime autant vous le dire !

On arrive à Paris, le général me dit au revoir,
me serre la main. Je l'ai jamais revu, ce gars. Un
bon de l'Intendance et me voici logé à la caserne
Charras. En plein Paname. Enfin, à la lisière,
mais c'est du tout comme. Ça, je bichais, malgré
que j'avais un peu le cœur serré en voyant les
civelots flâner au soleil printanier et se prélasser
aux terrasses des cafés. Paris, je connaissais pas
bien. Moi, j'étais de Bolbec, alors hein... J'y
était venu avec mes oncles pour l'Expo, en 1900.
J'avais, quoi ? Douze ans. Je me rappelais pas
bien. J'étais en perme, quoi, enfin, à moitié.
Affecté provisoire à Charras, mais pour ainsi
dire libre la journée. A la disposition du ministre
de la Guerre, qu'on m'avait dit. J'avais qu'à
attendre les ordres, quoi. Moi je m'imaginais

que j'allais ramener le général sur le front, dans
quelques jours, mais non, j'ai jamais ramené le
général. Ce qui me foutait le plus en rogne, en
me promenant dans Paris, c'était de voir les
femmes... Oh! pas toutes, heureusement...
Mais quelques-unes... Jeunes, jolies..., au bras
des planqués... Des types dans la force de l'âge,
et même des gaillards de vingt-deux, vingt-cinq
ans... costauds, joufflus, avec des ventres rebon-
dis! Tuberculeux — tu parles! —, anémiés,
planqués et compagnie! Et je voyais des petits
gars en uniforme, un bras en écharpe ou ceci ou
cela... Des blessés en convalo et que personne
ne faisait attention à eux... Je pensais aux
copains morts à Hurtebise ou au plateau de
Californie, vous comprenez! De voir ça, ça me
faisait vomir. Si bien que ma deuxième journée
à Paris était déjà moins gaie. J'avais presque
envie de foutre le camp, de repartir au front
tellement ça me dégoûtait. Trois jours se passent
et voilà qu'on me convoque au fort de Vincennes. Un colonel me reçoit. Un type de l'Intendance, je crois. Il me dit : « Le général de...,
que vous avez conduit dernièrement du front de
l'Aisne à Paris, vous a recommandé à l'Etat-
Major. Savez conduire un camion, mon ami? »
« Je me débrouille, mon colonel », que je
réponds. « Eh bien, on va vous confier une
mission. » Et il me dit sans détours — avec un
petit clin d'œil, d'ailleurs, et un air désabusé ; lui
aussi, ç'avait l'air d'être un bon zigue — :
« Nous sommes chargés, nous avons ordre — là
il m'a pas fait un clin d'œil mais c'était du tout

comme —, un ordre qui vient de très haut..., de
conduire cinq honorables citoyens en Suisse.
Des tuberculeux qui doivent aller se faire soi-
gner. »

Bref, le colon m'expliqua gentiment qu'avec
les trains réquisitionnés — toujours à cause de
l'offensive Nivelle —, on manquait de moyens
de transport. Bref, j'étais chargé, moi, caporal
Auguste Fallioux, classe 9, 298e R.I., Ier Bataillon, 5e Compagnie, natif de Bolbec, de conduire
cinq tuberculeux en Suisse, aux frais de l'Armée, sans poser de questions, et rondement! On
me remettrait un ordre de mission et un plan de
route. J'étais un peu écœuré de devoir servir de
larbin à ces enfoirés à relations — sûrement des
planqués, ces citoyens honorables, fallait pas
m'en conter, et après les boucheries de 1916 et
les frasques à Nivelle, dame, on battait le
rappel, fallait du matériel humain et l'inquiétude
avait peut-être saisi tout ce petit monde de tire-
au-cul — j'étais écœuré, oui, mais la joie de ne
pas retourner au front l'emporta. Mon seul petit
regret était de ne pas pouvoir aller faire un
rapide tour à Bolbec pour y embrasser mes
parents. Bref. Je leur torche toujours une
bafouille en leur disant que leur gars va en
Suisse. Même qu'ils ne l'ont jamais reçue, cette
lettre, rapport à ce que ça a dû être censuré,
j'avais pas bien compris que c'était une mission
secrète. Faut dire que mes tuberculeux étaient
tous des gars de la haute! La grosse blague!
Vous voyez un pêcheur breton, un laboureur du
Cantal ou un ébéno du faubourg Saint-Antoine

pistonné par des huiles pour pas aller à la tuerie,
vous ? Moi je vois vraiment pas.

Et voilà le lundi matin qui arrive. Le camion
m'attendait à Vincennes, juste derrière le magasin d'habillement, un coin un peu désert, si vous
voyez bien... Je suis là dès l'aube. A 7 heures, la
première voiture arrive. Une berline bien lavée
avec un chauffeur en livrée. En descend mon
premier client. C'était — je l'ai su après —
Octave Chauvassut, un banquier. Pas trente-
cinq ans. Gros, joufflu, de grosses fesses, pétant
de santé. Et pas commode, s'il vous plaît !
Autoritaire ! Un joli costume rayé comme pour
aller aux bains de mer. Il s'amenait avec deux
grosses valises. C'est son chauffeur — un vieux
type, non mobilisable — qui a mis les colis dans
le camion. Vous comprenez, l'essence était
rare... C'est ce qui expliquait que ces gens-là
préféraient voyager aux frais du contribuable...
C'est ce que je me disais, en tout cas... Arrivent
les autres clients. Moi j'attendais tranquillement
en fumant une cigarette, le colon près de moi...
Une autre voiture de grande maison amène un
foutriquet de 27-28 ans, petit mais nerveux et
sec, avec un monocle et une chevelure noire très
longue, bien peignée... Bien habillé, lui aussi...
Du beau linge... Lavallière, guêtres... L'avait
pas du tout l'air tuberculeux. Evidemment, j'ai
pas été lui prendre sa température. Lui aussi
portait deux valises. Ce gars-là, c'était Sigismond de Bois-Méard, le grand écrivain-poète, à
qui on prédisait déjà l'Académie française...
J'avais lu aucun feuilleton de lui mais j'avais vu

son nom dans *l'Illustration*... Sa mère l'accompa-
gnait... Une grande dame, un chic terrible...
voilette, gants parme... elle embrasse son grand
gars malade... Malade... Bref! Et le voilà qui
grimpe à l'arrière du camion, et il salue le
banquier. Ils devaient se connaître, ces deux
oiseaux, car j'entends dire « Mais vous étiez à
Deauville en août 15, cher ami ». « Oui, la
duchesse de je sais plus le nom m'a dit, à
Biarritz, en septembre 16, que... » Et patati et
patata. Ils étaient là comme pour prendre le thé.
Les deux premières voitures étaient parties.
Voilà que s'amène un fiacre et qu'en descend
Jean-Baptiste Clergerie. Un gaillard de 38-
40 ans, grand, fort, très bel homme. Le genre
noceur, gai luron, le vrai bambocheur! Chic, et
de la classe! Il paie le cocher de fiacre et
descend, lui aussi avec deux valises — ça faisait
déjà six valoches! Une fleur blanche à la bou-
tonnière, le monsieur! Il remonte sur le marche-
pied, se penche sur une dame qui était dans le
fiacre, un peu dans l'ombre, et que j'avais pas
bien vue, et l'embrasse! Tendrement! Et
fouette cocher! Et voilà mon Clergerie qui me
donne une tape dans le dos, qui m'offre un
cigare! Ça, il avait l'air moins antipathique que
les deux autres, nettement! Mais c'était quand
même un crevé, un tuberculeux. Clergerie, je
l'ai vite su, c'était le neveu du député oihoihoi...
bref, ne citons pas de nom, y a peut-être pas
encore prescription, comme on dit. Un mon-
dain, un coureur... J'ai appris qu'il s'apprêtait à
lancer un journal boursier... Les deux suivants

sont arrivés à pied, peut-être que leurs voitures ou leurs fiacres les avaient laissés assez loin du fort... Ils avaient l'air de se connaître, faut croire que ce monde-là n'est pas grand. Y avait un petit jeune homme blond, classe 15 ou 16, bien propre, élégant, au genre anglais... C'était Gabriel Duplessis-Tournelle, un jeune rentier dont les parents étaient châtelains près de Rambouillet. Il portait une valise, lui aussi. L'autre, il me fit penser à Arsène Lupin. Grand, élégant, fringant, souriant... Quarante ans, pas plus. C'était l'industriel Montagnoux, il faisait dans la mitrailleuse à ce que j'ai appris plus tard... Et monsieur avait lui aussi son petit bagage.

Bref, me voilà en route avec mes huit grosses valises et mes cinq tubars : le banquier Chauvassut, le noceur Clergerie, l'industriel Montagnoux, le poète de Bois-Méard et le petit jeune homme de bonne famille : Gabriel Duplessis-Tournelle. J'aurais très bien vu ces cinq cocos-là en uniforme bleu horizon avec un flingue baïonnette au canon, là-bas, à Craonne, avec les copains. Dans le camion, y avait aussi deux paniers de boustifaille, remis par l'Intendance, du fin, de la brioche, car on avait pris ça au mess des officiers. Bref, me voilà, comme j'ai dit, en route. Enfin, presque. J'avais pas encore démarré. J'étais prêt à le faire quand je vois un cabot-chef du Train courir vers le camion. Il savait qui j'étais. On avait un peu bavardé. C'était un gars de Saint-Aubin-Routot, par chez moi, là-bas, en Normandie. Il m'annonce que la 5e Compagnie du 1er Bataillon du 298e a été pratiquement anéantie deux jours plus tôt, avec d'autres unités. Chez nous : dix-neuf survivants sur deux cent douze hommes... Alors, là, j'ai pas vu mon visage, mais je crois bien que je devais être pâle comme un pauvre mort au fond de son trou d'obus.

J'avais la rage au cœur. J'ai démarré, parce que le colon me demandait ce que je fabriquais.

Derrière, sur les banquettes aménagées exprès pour eux, mes cinq poitrinaires grignotaient des biscuits à la confiture ! Et parlaient bains de mer et soirées au spectacle ! Ça m'a pris petit à petit, d'une façon vague d'abord, et puis ça a éclaté. C'est juste après Melun que j'ai pris la décision. Fallait être complètement fou, mais quoi, j'étais jeune ! La bêtise de jeunesse, comme on dit. Je me suis dit : « Ces ordures-là, je les mène pas en Suisse », et j'oblique aussi sec sur Provins. Je retournais au front ! Crédié ! Avec mes malades de la poitrine ! Je voulais leur faire goûter à l'air de là-bas, à l'air gorgé de poudre ! Ça les amuserait sûrement pas autant que l'air des montagnes suisses mais j'étais trop furieux ! Je voulais un peu venger les pauvres gars de la compagnie, si vous me suivez un peu. Bien sûr, je savais pas trop ce que je raconterais au premier barrage de gendarmes que je rencontrerais, vers Sézanne ou Fère-Champenoise, par là... La bâche était à moitié relevée et je les entendais bavarder... Ils n'avaient pas l'air de s'en faire, les bougres ! Et ils se laissaient conduire, docilement... Une seule chose, cependant, les inquiétait. L'offensive Nivelle... la

tournure moche que prenaient les événements...
et le banquier apprit aux autres — il l'avait su
par des relations qu'il avait en haut lieu — qu'il y
avait eu des mutineries... Ces messieurs n'en
croyaient pas leurs oreilles. Bref, les histoires à
Nivelle, ça leur avait flanqué la trouille et...
attendez la suite. Je dois dire que j'avais obliqué
vers le nord-est et que, un peu avant Montmi-
rail, j'eus tout d'un coup un brin de remords et
j'étais prêt à repiquer sur le sud pour conduire
ces messieurs dans leur sanatorium. Mais alors,
là, j'apprends le pire ! Vous savez ce qu'ils
allaient faire en Suisse, mes salopiauds ? Plan-
quer de l'or. Comme je vous le dis. Ces petits
messieurs délicats avaient peur que les Boches
foncent sur Paris, et cette fois, y aurait plus de
Gallieni pour les arrêter, ce serait pire qu'en 71,.
la capitale serait assiégée, avec une nouvelle
Commune, plus arrogante et plus dangereuse
que la précédente vu que chat échaudé... et
faudrait pas compter sur Poincaré qui, l'animal,
n'avait pas l'étoffe et le poids d'un Thiers, pour
se sortir d'une telle mélasse... Bref, mes lascars
broyaient du noir et voyaient pas le proche
avenir très gai pour les gens comme y faut...
Reniflant le désastre, ils avaient décidé de filer
en Suisse avec leur argent ! Et les valises, les
grosses et lourdes valises, eh bien, elles ne
contenaient pas leurs liquettes en soie ou leurs
pyjamas à broderies, mais des lingots d'or !
Ahurissant, pas vrai ? Et ils ne se gênaient même
pas pour en parler, moi, un pauvre poilu, à
moins de deux mètres d'eux !

— Le soldat va entendre, dit même le petit Duplessis-Tournelle.

— N'ayez aucune crainte, cher ami, lui dit le banquier. Il a des ordres. Mon vieil ami le député Ixygrec a organisé ce voyage... me rendre service... il me doit tant... ce brave bougre de poilu nous mènera à bon port... etc., etc.

Moi, j'étais prêt à vomir. Et c'est comme ça que je les ai emmenés droit sur le front. Au premier barrage de gendarmes, juste après Epernay — le front était encore loin, mais on allait droit dessus —, je montre mon ordre de mission. Le gendarme, un feignant de gradé, commence à faire la gueule, puis quand il voit la signature, vain Dieu, il se met presque au garde-à-vous, et c'est tout juste s'il ne claque pas les talons : « Mais vous allez vous perdre dans les lignes, par là, mon pauvre ami ! »

— Faut dire que je me suis un peu égaré, mon capitaine, que je bafouille, avec mon air con de péquenot normand qu'on sait très bien prendre quand y faut, nous autres, par là, vers Bolbec.

— Il faut rebrousser chemin, mon vieux, me dit le capiston de gendarmerie.

— Que se passe-t-il, mon ami ? zozote le Duplessis-Tournelle, dans mon dos.

— Tranquillisez-vous, monsieur le comte, que je dis, sans savoir au juste s'il était comte. Le gendarme m'indique la route.

— Mais où sommes-nous, par exemple ? demande Chauvassut, le jeune banquier au gros ventre et au gros cul.

— Faut rebrousser chemin, me répète le gendarme, ennuyé (à cause de la signature, tiens !).

— Mais c'est que j'aurai plus assez d'essence pour atteindre la frontière suisse, mon capitaine, que je minaude, toujours avec mon air normand bien étudié. J'ai plus que cinq bons et... Si je coupais par là ? Je vais jusqu'à Reims puis je descends sur la Haute-Marne et la Haute-Saône, ça me raccourcira ma route.

— Oui, mais vous frôlez les lignes, par là, mon pauvre garçon !

— Eh bien, je les frôlerai, j'irai pas plus loin, c'est entendu. Au dernier barrage de gendarmerie, je prends la route du sud.

— C'est très embêtant...

— Que se passe-t-il ? clame le banquier, debout, penché sur moi. On ne veut pas nous laisser passer ?

Je lui fais une mimique idiote, très « normande », l'air de lui dire « le gendarme m'emmerde et veut me barrer la route ».

Alors mon banquier atteint aux poumons se met à gueuler comme un veau qui soufflerait dans une trompette de cavalerie, il montre des papiers, une carte de visite, il proteste, tout rouge.

— Je me plaindrai en haut lieu ! qu'il crie au gendarme. Je suis Octave Chauvassut, des Comptoirs Economiques des Forges de Lorraine ! Je suis l'ami intime du président Untel, du député Machin, du ministre Truc !

Bref, le gars qui n'a que de bons copains.

Si vous aviez vu le gendarme ! Il ressemblait à un bonhomme de neige construit autour d'un manche à balai. Garde-à-vous. Le petit doigt sur la couture. Et il suait la trouille ! Il aurait pas eu plus peur au feu, une meute de uhlans au cul. Et les autres se mettent à brailler, dressés :

— Je suis le fils du comte Duplessis-Tour-nelle !

— Je suis Sigismond de Bois-Méard !

— C'est le neveu du député Hoihoih qui vous parle, mon ami, et rectifiez la position !

— C'est un monde ! Moi, Jules Montagnoux, des Aciéries de la Loire, on refuse de me laisser passer !

Le pitaine connaissait pas tous ces noms, mais, sûr, ça l'impressionnait, et jamais il avait vu tant de monde brailler pour entrer dans la zone de feu. Bref, on passe, bien sûr. Avec leurs passe-droits, ces gens-là entreraient dans un trou de balle sans s'en rendre compte. Me voici roulant vers le front. Deux heures de route cahoteuse puis on commence à voir des camions pleins de cadavres, de pauvres morts qu'on descendait sur l'arrière.

— Qu'est-ce que c'est que ça ? s'exclama, suffoqué, mon petit type monoclé en voyant des charrettes à chevaux chargées de cercueils tout neufs.

Et puis, bran-an, ban, voilà le bruit du canon.

— Que se passe-t-il ? Un orage ? Le ciel est pourtant tout bleu, dit sans rire mon Clergerie qui avait pourtant l'air moins con que les autres.

Le canon, le canon. Ça grandissait, ce bruit

d'enfer. On était à quoi, à vingt bornes des
lignes. L'a bien fallu que je m'arrête parce qu'on
avait déjà traversé cinq villages en ruine, et
ç'avait pas du tout l'air de la route vers la Suisse.

— Je me suis trompé de route, ces messieurs,
que j'avoue bien humblement.

Ces messieurs m'entouraient, dans un chemin
défoncé. J'avais stoppé le camion et on était
descendus. La nuit tombait et de grandes lueurs
rougeoyantes incendiaient le ciel gris sombre,
vers l'est. Le ronflement de forge des 105 nous
montait aux oreilles.

— On est tombés près du front, messieurs !

— Mais vous rendez-vous compte dans quelle
situation vous nous avez fourrés, mon brave ?
me sort le Clergerie. Et il se boyautait, l'enflé :
« S'ils me voyaient, au cercle ! »

— Quand je vais raconter ça à la baronne de
Bois-Chevreuse..., grogna le banquier. Il n'y a
pas huit jours, à Longchamp, elle me chinait en
disant que la guerre me faisait peur... Quelle
aventure, mes amis !

— Et ce chose... La ligne, avez-vous dit ? Ne
peut-on pas la faire déplacer ? Ou la contour-
ner ? me dit je sais plus lequel de cette bande de
dindons.

— Les poilus vont-ils nous laisser passer ?

— Je vous dirai, mon bon de Bois-Méard,
que je n'ai encore jamais vu un de ces Allemands ! On les dit très sauvages...

— La tartine ! ricana Clergerie, allumant un
cigare.

— Qu'allez-vous faire, caporal ? me demande

le poète Bois-Méard. Pensez à nos familles... A leur inquiétude si nous ne sommes pas au bord du Léman demain soir...

Et les autres qui donnaient du canon. J'aurais bien voulu qu'ils s'arrêtent une petite demi-heure, car moi j'étais gêné.

— Ecoutez, chers amis, lança, presque avec bonne humeur, le bouillant Clergerie. Il y a là une petite ferme qui a l'air abandonnée et son toit tient encore sur les murs. Déballons nos victuailles... et mangeons un morceau, rien ne vaut une bonne table pour réfléchir.

— Bravo! Très bien! Voilà une excellente idée!

Ils n'applaudissaient pas mais c'était tout comme. Et nous voilà dans la salle commune de la ferme désertée. Ces messieurs sortent des provisions de bouche et des bouteilles de vin fin des paniers préparés par les riz-pain-sel de Vincennes... s'installent... manque plus qu'une belle nappe brodée comme ils en ont dans leurs châteaux et leurs hôtels...

— Mais c'est vraiment le canon que l'on entend? me demande Duplessis-Tournelle, le petit au genre anglais, en croquant une prune pas trop écrasée.

— Euh... mais oui, monsieur le...

— Monsieur le vicomte.

— Eh bien, c'est lui, monsieur le vicomte. C'est le canon.

— C'est amusant, je ne pensais pas que ça tapait si fort. Je voyais ça plus sec, plus bref...

— Moi, plus pétaradant, ajoute le poète

Bois-Méard qui, très comme y faut, se nouait délicatement une serviette autour du cou. Mon beau-frère, Geoffroy de Pontault-Ruvault, me disait dernièrement — il est au combat, vous savez : à l'Etat-Major de Compiègne — que le canon allemand faisait un bruit plus prolongé et très vibrant à cause de la qualité inférieure de leurs aciers et de...

— Vous accepterez bien une cuisse de poulet, mon ami ? me proposa le Clergerie.

On me laissa me mettre en bout de table — avec eux, mais un peu éloigné —, puis ces gens d'un autre monde se mirent à parler de finances.

Au bout de dix minutes, avec un gentil sourire — presque un sourire de fille —, le petit Duplessis-Tournelle me demanda de bien vouloir sortir les valises du camion et de les amener dans la ferme :

— On ne sait jamais... Si un Boche passait par là...

Je sors donc pour me coltiner les huit valises. J'aime mieux vous dire que ça pesait aussi lourd que des caisses d'obus. J'aurais jamais cru que l'or pesait aussi lourd que des munitions ! J'avais apporté trois valises quand Jules Montagnoux, l'industriel qui ressemblait à Arsène Lupin, se leva et me donna un coup de main. Les autres continuaient à s'empiffrer sans faire attention à moi ; si, pourtant, surveillant d'un œil, comptant, je l'aurais parié, les précieuses valoches que j'amenais dans la salle de ferme.

Le canon s'était tu, et vers 10 heures du soir, on repart dans la nuit. Je savais pas trop ce que j'allais faire de ma cargaison, les amener en plein front, très bien, mais après ? Peut-être bien que je les amènerais en pleine zone de feu, et démerdez-vous, tenez, si vous voulez vous mettre à l'abri là-bas, y a un grand entonnoir... mais faites attention de pas vous noyer... ou le petit trou d'obus, là, derrière le bouquet d'arbres taillé en pièces, il n'est pas mal non plus... vous y serez mieux... Peut-être bien que je pourrais faire ça, je savais pas trop, de même que je savais pas trop si cette histoire-là allait me valoir le conseil de guerre... Détourner des mobilisés, ça coûte cher... mais alors, des tuberculeux... pardon ! j'aimais mieux pas y penser... Bref, nous voilà repartis. Ville-en-Tardenois... Fismes... Braine... On passe l'Aisne à Vailly... On tourne un peu en rond, puis l'aube pointe, et le canon se réveille, mais là, c'était tout près, et assourdissant, la terre secouée sous nos pieds, même qu'il a fallu s'arrêter parce que deux de mes zouaves avaient la colique. Pensez donc, le Chemin des Dames était devant nous... La grande falaise barrait l'horizon... avec tous ses petits panaches de fumée blanchâtre... Mes pulmonaires commençaient à se poser des questions... Le front nous ouvrait les bras, sous notre nez. Je reconnus Soupir, un village qu'on avait pris aux Boches fin février, qu'ils avaient repris le 11 mars, qu'on s'était ré-adjugé le 13 mars pour leur re-céder en fin de mois et le reprendre le 3 ou le 4 avril et où avaient été tués, éventrés et décapités, Saulnier, Roguette, Soulques et Le Bannelec, quatre bons vieux copains à moi, tous de la classe 9, les deux premiers de Pont-Audemer, de vrais Normands. J'avais la glace au cœur, et la colère m'avait repris, mais ça ne dura pas, parce que j'étais content comme tout d'avoir amené mes salopiauds en plein front. Le canon, le canon. Les pièces de 250 cognaient partout et ça résonnaient lugubrement d'un bois à un autre. Les 305 autrichiens aboyaient comme s'ils avaient la rage, une véritable orgie d'acier qui matraquait le paysage. Les Boches étaient là, juste en face, massés sur la route de Laon à Reims, et pilonnaient tout ce qui suivait l'Aisne... Tout était mort et déchiqueté, les arbres à moitié arrachés, comme des squelettes noirs plantés dans la terre, et la route défoncée était bordée d'entonnoirs, des petits, des grands, d'autres larges comme des cratères... On approchait. Je ne pouvais plus entendre ce que mes planqués disaient parce que le bruit du canon était continuel, comme si une forge gigantesque s'était trouvée sous la terre, juste sous nos pieds. D'ailleurs, mes malins ils ne parlaient pas, faut dire, ils claquaient des dents, le banquier battant les records et buvant des petits coups de rhum... dans un gobelet d'argent, s'il vous plaît ! et n'en offrant même pas à la société, l'accapareur !

II

— Mon vieux Fallioux, quand je t'ai vu
arriver avec tes tuberculeux, j'étais comme fou
de rigolade ! Les trois derniers jours avaient
pourtant été très mauvais pour nous et j'aurais
pas dû rire alors que presque toute la compagnie
avait été anéantie et que pour la relève, tintin,
fallait attendre encore six jours ! On était là, six
gars, au fond de la cagna, dans la craie, sous les
rondins, avec la gadoue blanche et la puanteur,
car onze pauvres gars étaient restés raides dans
une sape, presque sous nos pieds. Oui, ça puait !
et moi, sergent Chevauchard, j'avais ordre for-
mel du capitaine Trousselier — qui tenait lui-
même l'ordre du colonel Huart — de prendre la
grosse ferme de Belle-Treille, qui était perchée
sur la butte, là, sous nos yeux, à moins d'un
kilomètre. La ferme de Belle-Treille, nom de
Dieu, si on la connaissait ! Depuis novembre 16
qu'on se la passait et repassait avec les Boches !
Pour une fois, le capitaine Trousselier n'avait
pas désapprouvé l'ordre. Cette fois, c'était pas
un mamelon complètement nu et sans valeur

stratégique qu'il fallait prendre d'asaut, mais un bâtiment solide, presque intact, avec, dedans, quarante-trois gars du 23ᵉ Chasseurs, bloqués là-dedans depuis dix-huit jours, sans vivres et sans munitions ! Presque Vaux ou Douaumont, si tu vois un peu. Et c'était à nous, six pauvres cloches, de joindre la ferme et de l'enlever ! Dame ! y avait personne d'autre... Monter là-haut avec trois cents kilos de munitions et de vivres ! Les gars dans la ferme ils avaient tout... des mitrailleuses, deux mortiers... Tout, sauf à bouffer et des munitions. Leurs douze journées de vivres, elles étaient loin ! Si on les laissait là sur leur perchoir, les Boches finiraient par les massacrer... Et cette ferme, fallait à tout prix la tenir, tu comprends... A tout prix ! Pour que, dans quatre ou cinq jours, les gars du 119ᵉ Zouaves s'installent sur la position et coupent la route aux Boches. C'était d'une importance capitale, le colonel Huart l'avait dit.

Le capitaine Trousselier était partant, bien sûr, pour nous épauler et nous conduire lui-même à l'assaut, mais en fin de nuit un éclat de torpille lui avait arraché un bras. Désormais, le capitaine, tu comprends, c'était moi... Et je savais que mes cinq gars y resteraient, dans cet assaut, c'était sûr. Et je parle pas de moi. Entre notre cagna, perdue loin devant nos lignes — faut dire qu'on avait fait deux bornes en rampant, dans la nuit, à sectionner les barbelés et à nettoyer une tranchée boche —, entre notre cagna et la ferme de Belle-Treille, il y avait une ligne allemande... Cinq ou six compagnies poméraniennes tapies dans les tranchées, et très bien armées... des troupes toutes fraîches... une relève de la veille... C'était la mort assurée, tu comprends... passer là-dedans... à six pauvres bonshommes... le sacrifice indiscutable... Les copains de la ferme ne seraient jamais ravitaillés... ni vivres ni munitions ! Et faut dire que mes cinq gars n'étaient pas du tout chauds... surtout après l'offensive Nivelle... deux d'entre eux venaient de se taper cinq mois à Verdun, avec un qui avait failli rester dans le tunnel de Tavannes... Mois, j'avais des ordres, tu comprends... Alors quand je t'ai vu t'amener, perdu, avec ton camion et tes cinq tubars... J'ai d'abord été pris de rire... puis de rage, de voir ces salauds... un de mon âge... deux à peine plus jeunes que nous... Et quand tu m'as dit ce que tu faisais avec eux, ce qu'ils trimbalaient dans les valises, tu comprends, c'est humain, ça a été plus fort que moi... faut me comprendre... J'étais révolté. Quand je les ai vus, repus, bien torchés... des bagues aux doigts... pas du tout malades — je parle pas de la trouille — ... eh bien... Eh bien, oui, j'ai eu l'idée... Un quart d'heure, que ça m'a pris. J'ai tout décidé en un quart d'heure. J'ai calculé mon coup. Tu m'avais dit qui ils étaient, ce qu'ils trimbalaient... Tu te souviens de la suite, mon vieux Fallioux... Je leur ai expliqué — même qu'il y en avait un qui avait posé culotte dans un petit entonnoir et qu'un autre vomissait dans une tranchée désaffectée... Ils regardaient le paysage meurtri avec des yeux ronds, la nausée se lisait sur leur bille...

A ce moment, tout était calme dans le secteur...
Le jour se levait... Là-haut, dans la brume, se
dessinait la ferme de Belle-Treille, avec, dans
ses murs, les quarante-trois gars sacrifiés. Alors
j'ai dit au gros, qui avait l'air d'être le plus
important... Le banquier... Oui, c'était lui... Je
lui ai dit, bien poliment, en soulevant à demi
mon casque... Les copains, eux, dormaient dans
la cagna... en attendant l'assaut... J'ai dit au
gros : « Mes respects, monsieur. Je me présente : sergent Chevauchard, 5e Compagnie,
1er Bataillon du 298e d'Infanterie. Le caporal
s'est égaré... La route de la Suisse, elle est tout
près, ne vous en faites pas. Sept ou huit kilomètres par là, à main droite, et on sort du front.
D'abord, vous allez garer ce camion. Faut pas le
laisser comme ça au milieu du chemin, sinon les
Boches vont faire des cartons dessus ! » Alors je
me mets aussi sec au volant du bahut et je vais le
garer dans ce qu'il reste du petit fort du Haume,
à trois cents mètres de là... C'est solide, il y a
encore des murs. Je laisse le camion là... Mes
cinq tuberculeux ont suivi à pied, en faisant
attention de pas salir leur pantalon de fine étoffe
dans les flaques d'eau boueuse. Et là, dans les
vestiges du fortin abandonné, on discute. Je dis :
« Ces messieurs, passer les lignes allemandes en
camion est impossible, ou c'est la mort pour
tous. Mais la route de la Suisse, elle est par là,
juste derrière la colline. » Et je montre du doigt
la butte où se dresse la ferme de Belle-Treille.
Ils m'écoutent tous bouche bée.

— Là-haut, derrière la butte, il y a des

camions. Vous en prendrez un autre, voilà tout.
Moi, sergent Chevauchard, je me propose de
vous faire passer les lignes boches. A pied. Que
voulez-vous, on ne peut pas faire autrement.
Vous porterez vos valises. Une petite demi-
heure désagréable, pas plus, mais faites-moi
confiance... Je ne me permettrais pas de vous
faire courir de trop graves dangers... Donc, on
passe tous là-bas, avec vos valises. Une fois là-
bas, de l'autre côté de la butte, un camion pour
vous, avec un chauffeur... Un autre chauffeur,
ce n'est pas grave. Le caporal Fallioux, vous
comprenez, faut qu'il reste ici... de faction... Ce
sont les ordres. Mes hommes pourraient vous
porter vos valises... C'est ça que vous pensez,
hein ? Mais ce n'est pas possible. Je m'en
excuse... Mes lascars sont coincés ici... ils ont
pour mission de garder la position... C'est bête
pour ces messieurs mais c'est comme ça. Mais
moi je vous fais passer... Seulement, voilà. Faut
pas passer habillés en pékin... Vous comprenez ? Si le colonel vous voit... avec ses jumel-
les... Surtout avec les valises ! On vous prend
pour des espions ! pour des pillards ! Tiens ! Des
civils près du front ! On a jamais vu ça. Et puis,
d'abord, c'est interdit. Les valises, ma foi... De
loin, on les prendra pour des cantines... des
paquetages quelconques... Le problème il est
pas là... Donc, y vous faut un uniforme...

— A des civils comme nous, on ne leur dira
rien, me dit le banquier. J'ai de hautes relations,
mon ami.

Il a dit ça comme pour me rassurer.

— Oui, mais moi, j'aurai des ennuis... monsieur le baron, que j'ajoute, pour le flatter.

— Je ne suis pas baron, me dit le rupin, d'un ton sec (et l'air de le regretter, le bougre).

— Admettons que vous passez les lignes en civelot, je fais. Mais il y a les Boches ! Imaginez que, eux, ils vous épinglent. Ils vous prennent... Des civils ! Des espions ! Et hop, vous voilà devenus des otages ! Vous comprenez ? Eux, ils ne badineront pas, et même avec toutes vos relations, certainement très respectables... Eux, ils ne les connaissent pas, vos relations... Vous savez, des civils — j'ajoute ça pour leur faire peur —, il en est passé quatre, pas plus tard qu'avant-hier. C'étaient peut-être des déserteurs... mais en tout cas, c'étaient des civils, le reste je veux pas le savoir. Trois Français et un Belge. Eh bien — je te fais, tu te souviens ? un petit clin d'œil en douce, à toi qui attendais dans un coin — ils ont été fusillés cette nuit. On a entendu la salve, demandez à mes hommes... Dans le petit bois des Verrelles, là-bas...

— Vraiment, mon ami ? bredouille le banquier, et son gros menton de gastronome de chez Maxim's tremblote imperceptiblement.

Il se tourne vers les quatre autres. Ils discutent. Ils se concertent...

— Peut-on avoir confiance en cet animal ? fait Montagnoux, l'industriel.

— C'est tout de même un sous-officier, fait le gars au monocle. Et il sait qui nous sommes... Donc...

Peut-être qu'ils auraient hésité un peu plus

longtemps, mais voilà que brusquement mon canon se remet à tonner. Dix, vingt, cinquante pièces. Un boucan d'enfer. Cent orages mêlés qui se jettent sur la terre et mordent le ciel. Un barrage d'artillerie, tout près... un assaut imminent... et, comme des roquets, pas contents, les 75 qui se mettent de l'orchestre...

— Faut vous décider, messieurs... Après, il sera trop tard.

— On ne peut pas retourner en arrière ? demande le petit jeune homme, l'air inquiet.

— Tout est coupé, mon pauvre monsieur. Y a que par là...

Et je montre une fois encore la butte de la ferme de Belle-Treille.

— Eh bien, quoi, allons-y... d'accord ! jette le banquier, impatienté. Mon Dieu, quelle histoire ! J'ai hâte d'être en Suisse.

— Ayez confiance, monsieur. Vous y serez bientôt. Ici, c'est pas un endroit pour un gentleman comme vous. C'est sale... c'est triste...

— C'est vrai, mon ami, me dit le type monoclé. On se demande comment on peut abîmer la campagne française de cette façon !

— Et il y a plein de débris...

— On pourrait au moins enterrer les morts, je ne sais pas, moi... Quel désordre !

— Vite, ces messieurs !

J'ai crié parce que le bruit du canon a encore monté de quelques degrés et les vieux murs du fortin abandonné sont comme secoués.

Et voilà nos cinq toussoteux fin prêts, croyant dur comme fer que la route de la Suisse est

derrière la butte. Oh ! aux gens, à cette époque,
on leur en faisait croire bien d'autres !... Et pour
vêtir mes gaillards en poilus, pas besoin d'essayer de déshabiller des morts. Il y a un magasin
pas complètement vidé, dans les caves du fortin... Je leur demande de me suivre... Ils rechignent un peu... Mais ils ne sont pas tellement
pressés ! Le canon qui gueule sur nos têtes, tu
comprends ! Ça les effrayait terriblement ! Ils
n'en avaient jamais tant entendu ! même à leurs
feux d'artifice de Deauville ! Et hop, on est dans
le souterrain. Voilà le magasin d'habillement.
On arrive à se débrouiller... C'est un peu moisi
mais c'est mettable... A la guerre comme à la
guerre. Voilà mes cinq tubars habillés en poilus
en campagne ! Même que le monoclé regrettait
que son tailleur ne soit pas là... pour le conseil-
ler... Tu parles d'une équipe ! Tout y est, même
la musette, casque, tout le bastringue, bidon qui
brille et gamelle pour les fayots... Ils se regardent... ils s'admirent... Deux d'entre eux arrivent même à plaisanter et jurent de conserver
leur uniforme pour se montrer comme ça au
château de je ne sais plus quoi ou dans les salons
d'une madame de je ne sais plus qui. Le
monoclé — toujours lui ! — cherche même une
glace pour se contempler ! Des gosses, je te dis !
« Hé ! c'est pas tout, ces messieurs, que je dis,
les voyant marcher vers la sortie. Faut vous
armer. Hé oui ! Des troufions sans armes, les
Boches trouveraient ça drôle ! Imaginez qu'on
vous prenne pour des prisonniers évadés. Du
coup, vous vous retrouvez en forteresse, et ces

machins-là, c'est pas gai, sombre et humide je ne
vous dis que ça, et vos pauvres poumons n'y
résisteraient pas six semaines. Je tiens à veiller
sur vous, moi, ces messieurs. » Allez. Une arme
à chacun. Le fortin, non encore complètement
vidé de son matériel, moi je vous le dis, c'était la
vraie trouvaille. Et voilà mes cinq biffins qui
vont ni à Deauville, ni en Suisse, ni au Pré
Catelan, mais au feu ! Moi je suis presque sûr
que je vais en faire des héros, tiens, on va
s'amuser. Le petit blondinet a son casque qui lui
tombe sur les yeux, la musette bourrée de
grenades — comme les quatre autres, d'ailleurs
— et un flingot baïonnette-on dans ses petites
pattes soignées et manucurées. Un vrai lignard,
croyez-moi ! Le Bois-Méard, le monoclé, n'a
plus du tout l'air d'un écrivassier mais d'un vrai
voltigeur, l'air méchant, je vous le dis. Le
banquier, engoncé dans son uniforme trop juste,
essaie de boutonner sa capote, ce gros lard-là
ferait peur aux Boches que j'en serais pas
surpris. Il renifle son flingue, passe un gros doigt
bagué (avec rubis, ma chère !) sur le fil de sa
rosalie. Le grand Clergerie se marre. Il a l'air
d'un vrai hussard. Il a eu droit à un fusil
mitrailleur ! Et Montagnoux, l'industriel, flingue
en bandoulière, fait cliqueter la paire de cisailles
à couper les barbelés que je lui ai fourrée dans
les doigts. Cartouchière et toute la panoplie, on
croirait qu'on va foncer sur la butte de Tahure...
    Le petit Duplessis se tortille comme s'il allait
faire dans sa culotte, élevé dans du sucre, pas

d'erreur... y a vraiment que moi qui pouvais en faire un soldat !

— Allons, monsieur, je lui fais. Vous les reverrez, vos parents.

Et je le rassure encore, en lui souriant avec gentillesse, car il passe ses mains toutes bêtes sur sa capote, comme pour la repasser :

— Ne vous tournez donc pas les sangs. La guerre n'est pas la mobilisation...

Dehors — ça prend vingt-cinq minutes —, je leur apprends à se servir des armes... La façon de bien donner le coup de baïonnette... de haut en bas si le Boche est à terre... de bas en haut si c'est l'Alboche qui vous domine... Un vrai cours de tir. Y a que le poète qui savait pas. Les autres se débrouillent... Tir aux pigeons et le tralala, ma chère. On sait tirer. Tir au faisan, les chasses, la Sologne, et là je te tire mon cerf... Ces gens-là ne sont pas si empotés qu'on le ricane dans le populo... Ils vont y aller... A la chasse... Il leur manquera juste la meute et la fanfare... Pour le FM, le Clergerie n'est pas si niquedouille... Il vous soulève ça comme une plume... Il m'a dit qu'il a fait de l'haltérophilie... Moi je veux bien le croire...

— Mais dites-moi, mon ami, me fait le banquier, pépère en uniforme, le cul presque à l'air car le froc a déjà craqué. Pourquoi ce cours de tir ? Serait-ce que nous allons être obligés de... N'oubliez pas que moi et mes amis sommes inaptes au service armé... Pour notre malheur, croyez-le bien, pour notre malheur !...

— Mais non, monsieur le baron... Mais faut

tout prévoir. Imaginez que les Boches nous
attaquent... Faudrait quand même pas rester les
bras ballants...

— Tuer un Boche me ravirait ! Quelle folle
journée ! s'exclame le Duplessis-Tournelle, avec
sa capote qui lui touche les pieds.

— Allez, messieurs... Tardons pas trop...
Et on sort... Le canon tonne toujours, lourd,
bousculant l'air. Ça résonne sur des kilomè-
trés... Trois bornes à main droite, cinq ou six
mille pioupious courent déjà sous les balles et les
obus, écrasés ici et là par les tirs trop courts de
nos artiflots... Ça court et ça hurle dans les
nuages de poudre et le tac-tac lent mais lugubre
des mitrailleuses lourdes allemandes hache l'air,
les canons d'en face accueillant tout ce petit
monde agité...

— Croyez-vous qu'on va passer, mon ami ?
me demande le Bois-Méard comme s'il s'adres-
sait à son garde-chasse.

— Oh ! pour sûr, monsieur le comte. Je vous
ai dit que je vous ferais passer... Et n'oublions
pas les valises.

Quel paquetage, mes aïeux ! Mais faut pas les
oublier ! Surtout qu'elles ne contiennent plus des
lingots d'or... Mon veux Fallioux, pendant que
j'habillais et armais ces messieurs... t'as pu
chiper les clefs des valoches dans les poches des
gandins... Et t'as transvidé tout ça dans des
caisses... et l'or de tout ce beau monde est
planqué... enterré... dans la cagna numéro 112,
vide, désertée... A la place de la joncaille, t'as
mis les quelques vivres et beaucoup de muni-

tions... à livrer coûte que coûte... et d'urgence...
aux gars de la butte de Belle-Treille qui, les
malheureux attendent... dans l'angoisse...
épuisés...

Je fais un saut dans la cagna. Mes cinq
hommes ont ouvert l'œil, à moitié, encore un
peu assoupis... Je les regarde, un à un, gentiment. Non, pas des sacrifiés. Je les ferai pas
tuer. Y a pas de raison. Ils ont eu leur part. Et
bien servis ! L'assaut ne serait pas bon, d'abord.
Quand les gars veulent pas... rechignent... Mauvais, tout ça. Les Boches sentiraient le peu
d'allant, et en profiteraient, me tueraient mes
bonshommes comme des lapins... Tandis qu'a-
vec les autres, ça va aller... L'espoir de la route
suisse, derrière la butte... ça fouette son
fuyard... C'est parti. « En avant, messieurs », je
dis, revolver en pogne, comme un vrai chef. Je
leur dis pas « C'est pour la France », vu que
c'est pas tout à fait ça, mais je me le murmure...
à moi... en douce...

— En avant ! En avant !

Ils se cassent à moitié la gueule sur les mottes
de terre et les débris de ferraille... N'ont pas
l'habitude ! Et leur paquetage ! Flingue,
musette, bidons, et les valises de la fuite !

— En avant, messieurs !

Je commande une charge de saint-cyriens !
« Messieurs » ! Tu parles !

— On les aura ! En avant !

Je me lance dans le chemin qui monte en
serpentant vers la butte, tête baissée, j'en mène
pas large, mais faut que j'en sois, sinon ils ne

feraient pas un pas... Je pense à toi, Fallioux, resté avec les autres, dans la cambuse...

— Pressons le pas !

On a quand même fait cinquante mètres. Mes as piétinent, peinent, s'essoufflent, surtout le banquier. Faudrait les pousser à coups de pied dans le cul ! Ça y est, les Boches nous ont vus. Les tac-tac s'élèvent. On nous mitraille.

— Baissez-vous ! je hurle.

— Quelle histoire... Quelle histoire..., marmonne Duplessis-Tournelle.

Là-haut, dans la brume, la ferme de Belle-Treille se découpe, silencieuse. Un obus, deux, trois. Sifflements. Et les shrapnells...

— Courez ! je hurle. Suivez-moi ! ! !

Trente, quarante mitrailleuses éclatent et m'assourdissent. Ça tire de tous les côtés. J'aurais jamais cru qu'y avait tant de Boches dans le secteur. La terre saute tout autour de nous. Je me précipite, je me jette tout debout dans un entonnoir... MM. les tuberculeux m'y suivent... Le monoclé a perdu son monocle. On a tous le cul dans la boue, le casque sur le nez, des rafales passent au-dessus de nous... vaut mieux pas lever le bras... comme des sabres qui déchirent l'air...

— C'est insensé ! dit le banquier.

Il suffoque :

— Il n'y a vraiment pas d'autre chemin ?

Continuons le bourrage de crâne, c'est pour la bonne cause :

— Aucun autre chemin, monsieur.

— Nous ne passerons jamais !

— Nous passerons, monsieur ! je jette, martial.

— Moi je ne vais pas plus loin, dit le blondinet, ôtant son casque.

— Pensez à vos lingots d'or, monsieur, je fais, louchant sur ses valises. Vous laisseriez ça au fond du trou ?

— Mon or..., murmura, attristé, le petit type comme il faut. Papa ne me pardonnerait jamais de...

— Faut le sauver, votre or, mon petit monsieur. Les Boches, hélas, seront à Paris avant juin... Et alors, vous autres les gens fortunés... Ce serait dommage... La France y perdrait, vous comprenez...

Une montagne de terre nous tombe sur les épaules tandis qu'une grande gerbe de feu se jette sur nos faces, démente, frangée de noir. La fumée nous pique les yeux. Le petit blond ne bouge plus. Et je vois que sa tête est à moitié tranchée... C'est fini... Il ne répète pas « Moi je ne vais pas plus loin », mais on a compris. Montagnoux prend une de ses valises, Clergerie l'autre...

— J'écrirai à sa mère, dit Montagnoux. Quand je pense que s'il n'avait pas eu... enfin... cette chose aux poumons, on l'aurait versé dans l'Intendance...

En somme le gars avait tout pour s'en tirer à bon compte.

— Cette guerre est déplorable et absolument détestable ! lance le banquier, trois ans à la traîne.

— Allez, messieurs ! Encore cent mètres et on s'abrite dans un autre entonnoir...

— Il faut dire qu'on a très bien fait de creuser ces trous sur cette pente, émet mon Bois-Méard. Tout de même quelque chose d'intelligent...

Peut-être bien pour lui faire plaisir, les Poméraniens nous envoient un obus maousse qui, tout près, creuse un nouvel entonnoir pour monsieur. La terre a presque comblé notre trou à rats, on en a jusqu'aux couilles.

Je sors de là, revolver au poing.

— Allez !

J'ajoute pas « mes petits », on n'est pas à Guignol.

Ils sortent de là un par un, peureux, de vrais gaspards traqués. Les valoches nous battent les jambes... J'ai dû en prendre une au banquier, sinon il serait resté là, le cul au milieu du chemin à prendre un bain de siège dans l'eau merdeuse... On parcourt quelques mètres, dans les débris et la puanteur... traces des corps à corps de mars dernier... des mitrailleuses rouillées sont restées là, plantées dans le sol comme des ceps de mort... avec, accrochés là-dessus, des morceaux de capotes bleu horizon maculés de taches brunes... Le chemin est pénible... le chemin de croix du tourlourou... Un fracas d'obus nous étourdit... La grêle de métal retourne la terre... comme des socs de charrue jetés là rageusement depuis l'enfer...

— Acré ! En avant ! En avant ! je hurle, car ils se sont arrêtés, le cul sûrement tout merdeux. C'est pour la Suisse ! ! !

Ça leur fait faire dix pas... Nouvel arrêt. Ils ne voient donc pas qu'on nous mitraille ?

— Baissez-vous ! A plat ventre !

Ils obéissent, ils ont déjà la gueule toute noire de gadoue et, à condition de pas les regarder à la loupe, on dirait presque quatre de nos vaillants poilus...

— On repart. Encore un petit effort. Courez courbés en avant...

Ils n'ont pas fait leurs classes, ça se voit.

Ils ralentissent... Ça mitraille à dix mètres devant nous, on nous tend un gentil rideau de plomb.

— Avancez... courez ! C'est pour votre or, messieurs ! La belle vie, la richesse, le caviar, le champagne, les croisières... Vous voulez donc perdre tout ça ?

Ah les gaillards ! Ça leur a fouetté la couenne ! Pas besoin de gnôle pour ces galopins ! Et, je l'ai su plus tard, le colonel nous avait repérés à la jumelle, et murmurait, admiratif :

— Les petits à Chevauchard montent à l'assaut de la ferme de Belle-Treille... Comme la France est belle, ce matin !

Pas si belle que ça parce que c'est que terrain retourné de main de brute, trous d'obus, arbres déchiquetés, et des cadavres, des cadavres... une immense morgue en plein air... et même les mouches éviteraient le coin...

Un mortier boche nous pilonne... La terre s'ouvre en deux, à dix pas derrière nous...

— Plus vite, messieurs, plus vite !

Et je lance :

— Courage !

Mais c'est pas suffisant, alors je jette le biscuit aux toutous :

— Le caviar ! Les bijoux ! Les petites femmes... Le jeu des charades au château... Les promenades avec les poneys !...

Je gueule n'importe quoi... Ça cavale ! Mon banquier veut tout sauver ! Je sais plus exactement s'ils foncent vers la Suisse ou s'ils fuient la mort... Doit y avoir des deux, avec un peu plus pour le premier motif... Quatre obus s'écrasent sous nos yeux et un pan de terre monte comme un geyser... On saute dans un entonnoir. Nouvelle halte le cul dans l'eau noirâtre. Ça siffle et ça pète tout autour de nous.

— Ce n'est pas si facile que ça, nous sort mon Clergerie. Tiens, je saigne à la main...

Et il suce son pouce

Ils regardent leurs valises, couvertes de terre. Ils sont haletants, on dirait des vautours dérangés par un tremblement de terre.

— Ce pauvre Duplessis... Dire qu'il aimait tant la Suisse...

— Nous, mon brave monsieur, c'est presque tous les jours qu'on déguste comme ça...

Mine de rien, je passe ma tête au bord du trou. Le sentier qui mène au sommet de la butte n'est plus qu'à trois, quatre cents mètres, mais sur notre gauche il y a une suite de rondins sur une sorte de muret : les lignes fritz. Cette fois, c'est la boucherie assurée, le désossage à ciel ouvert, car je vois des canons qui sortent de là, noirs et raides.

— Messieurs, je vais vous demander un ultime effort...

— Mais c'est de la folie, voyons, proteste le bidasse banquier. Il n'y a vraiment pas d'autre passage ? Ce camionneur qui nous a fourrés là-dedans... Il mériterait le conseil de guerre ! Du reste, j'en parlerai très bientôt à mes avocats...

— Les journaux ne sont pas sincères ! s'exclame de Bois-Méard. Quand ils décrivent le front, ils édulcorent. Voyez ! C'est beaucoup plus terrible, beaucoup plus bruyant... et plus sale qu'ils ne l'écrivent. Dans le *Gaulois,* il y a huit jours, j'ai lu que...

— J'en parlerai à mon ami Salbrier de Saint-Cernin, dit le banquier. Qu'ils corsent leurs articles, nom d'une pipe ! Qu'ils disent ce que c'est vraiment ! Oh ! mais je leur en parlerai ! Je leur dirai que moi, mieux que n'importe qui, je connais la guerre et je...

Un énorme paquet de terre, de ferraille, de macchabées, tout ça mêlé à la va-vite, lui coupe le sifflet, cette montagne d'ordures ayant à moitié comblé l'entonnoir. On sort de là-dedans, tremblants, tout noirs, trempés, hébétés. Clergerie cherche une valise dans la terre... il remue ça à toute allure, les mains avides... Ça y est, il la tient. On dirait presque qu'il va l'élever à bout de bras, l'air triomphant. Le monoclé a perdu son fusil.

— Ça ne fait rien, monsieur, je dis. En avant ! (Et je hurle, je gueule :) En avant !!! En avant !!!

Notre petite section de cinq bonshommes

court sous les obus. Ça y est... la montée... Les mortiers allemands qui sont sur notre droite entrent en scène, la gueule ouverte comme pour chez le dentiste. La terre est brassée et retournée tout autour de nous. On a déjà vu ça mais je le dirai jamais assez. Mes tuberculeux s'en sortent très bien. Mes gars, restés dans la cagna, n'en auraient pas fait autant, je dois le dire, mais ils ont des excuses.

— Je n'en peux plus, sergent, dit le banquier en s'écroulant.

— Juste un petit effort, monsieur le directeur... L'affaire de cinq minutes. Vos lingots... Pensez-y.

— Ah! mon Dieu! le maudit argent nous ferait faire n'importe quoi, gémit le gros lard, se relevant, reprenant ses valises.

On repart, fourbus, les jambes flageolantes... Je leur donnerais bien un petit coup de goutte, mais j'en ai pas.

Une mitraille nous cloue au sol. C'est sorti de terre, juste à gauche. Des Boches dans une tranchée, certainement. Une grosse mitrailleuse aboie sa mort, dansant sur elle-même, avec deux jeunes gars agrippés à elle... Je vois presque le bas de leur visage, sous le gros casque verdâtre... Ils grimacent... Le feu part et gicle en vomissures... La terre qui saute autour de nous ressemble à de la grêle fouettée par le vent... On est tous à plat ventre dans une sorte de chemin creux...

— Voyez, messieurs... C'est à votre or, qu'ils en ont, vous savez !

— Vous croyez ? gémit Chauvassut.

— Je veux, mon bon monsieur ! D'habitude, ils ne tirent pas si fort, c'est sûr.

On reste là le visage dans la terre cinq bonnes minutes. La mitrailleuse s'essouffle, s'arrête. Encore quelques minutes à poireauter, puis je risque un œil sur le paysage lugubre. Devant, sur quinze mètres, des barbelés...

— Allez-y, monsieur Montagnoux, je dis à l'industriel, qui dispose des cisailles.

— Aller où ?

— Vous rampez... Bien à plat ventre, surtout... Faut couper les barbelés... pour qu'on puisse passer... Regardez, là-haut.

Ils lèvent le nez.

La ferme.

— Derrière, une route... isolée... non surveillée... Les camions... Direction Troyes, oui messieurs. Puis Dijon... Le Jura... La Suisse... Pensez à vos valises... Vos valises, messieurs. De vraies valises françaises.

Mon Montagnoux a fait son plat ventre en se dandinant comme un lézard, et il se met à sectionner les barbelés comme s'il avait fait ça toute sa vie. Ça y est, on l'arrose de balles. Je saisis le F-M, car Clergerie s'emmêle les pattes dessus, et pour mettre l'engin sur fourche c'est tout un tremblement. Je me couche sur l'arme et j'asperge la tranchée, à gauche. Un feu nourri. Mes Boches disparaissent, calmés ou rétamés, je saurai jamais. On laisse un peu Montagnoux travailler. Oh ! quoi, une minute, puis ça repart. On lui tire à nouveau dessus, mais moins fort, et

ça vient de beaucoup plus loin... Les balles
ricochent autour de lui... Montagnoux coupe les
fils de fer... très rapide... il s'y met... Le
banquier me fait presque pitié tant il souffre.
Clergerie a la figure en sang, un de ses yeux
semble avoir dérouillé... minuscule grain de
ferraille... Le monoclé — sans monocle —, lui,
est méconnaissable.

— Pensez à vos châteaux, mon petit monsieur, je lui dis. Si vous ne sauvez pas votre or...
Ce serait bien triste pour vous parce que moi je
dis que vous êtes quelqu'un de très bien, de très
distingué...

Là-dessus, mon gars distingué s'écroule, le
ventre ouvert par un éclat d'obus. Le banquier,
le noceur et moi sautons dans un autre entonnoir. Bientôt, haletant, l'industriel Montagnoux
se laisse glisser dans le trou, ses cisailles toujours
en main :

— C'est fait, monsieur, qu'il me dit. Il y a une
brèche dans le réseau de barbelés.

— Je vous félicite.

On attend un peu que les mortiers se calment.
Et on repart. On nous mitraille de partout, c'est
pire qu'avant. C'est fou ce que ça les fait
cavaler, leur or. Peut-être bien que j'en ferais
autant, si j'en avais, de l'or. Faut toujours
essayer de se mettre à la place des gens.
Seulement, voilà, je n'ai pas d'or. Ça m'empê-
che pas de courir aussi vite qu'eux. C'est vraiment la grande course, comme si on avait les
Huns au cul. Même mon Montagnoux qui est
revenu en arrière, vraiment au péril de sa vie...

dix mètres... sur les coudes... pour prendre les valises de Bois-Méard. On en a plein les bras de ces valises, on ne sait plus où les mettre, faudrait un porteur de la gare de l'Est. Et tandis que les mitrailleuses lourdes allemandes aboient rageusement, je hurle :

— On est passés !!!

Je fonce à toute allure... sans me retourner... ou presque... et, suivi par mon banquier, mon Clergerie et mon Montagnoux, j'entre dans la ferme de Belle-Treille.

Les quarante-trois assiégés sont là, hagards, affaiblis, barbus... Quelle odeur ! Mais des cris de joie éclatent — au bout de deux minutes seulement car, tout de suite, sur le coup, les gars n'ont pas compris. Le capitaine d'Hurières, qui commande la section, me saute au cou, les larmes aux yeux. D'autres biffins embrassent le banquier, l'industriel et le noceur. On les étouffe !

— Attention, je fais. Doucement, ce sont des tuberculeux. Les étouffez pas...

Trois ou quatre chasseurs s'étonnent :

— Des tuberculeux ?...

Je fais un signe discret... Je leur raconterai, plus tard... Pour l'instant, y a plus urgent...

Les gars regardent les grosses valises... Des munitions, là-dedans ? Ils n'ont rien trouvé d'autre, au Matériel ? On rit un bon coup. Mes civils en bleu horizon ont pas dû entendre, ils se sont assis dans la paille... ils reprennent leurs esprits... faut les comprendre... et je t'ôte mon casque et je m'éponge le front, le cou... Banquede-France retire ses godasses pour se masser les pieds...

— Ah! vraiment! Bravo, les gars! fait le pitaine d'Hurières. Quelle extraordinaire action d'éclat! Qui êtes-vous? me demande-t-il, son beau regard franc tourné droit sur moi.

— Sergent Chevauchard. 5e Compagnie... Et je débite mon matricule.

— Et ces hommes?

— Euh...

— Levez-vous, les gars, je fais. Et présentez-vous...

J'ai pu faire en douce un clin d'œil significatif à mes zouaves de Suisse : faites comme si vous étiez de l'armée, ça veut dire, le pitaine sera content. Ils ont compris. Clergerie le premier, en tout cas :

— Caporal Clergerie. 19e régiment d'infanterie! clame-t-il, inventif.

— Euh... Capitaine Chauvassut, bredouille le banquier.

Et pourquoi pas général de brigade?

Amusé, mon capiston voit aucune sardine sur l'uniforme du banquier. Il sourit, lui tape sur l'épaule. Le pauvre gars doit avoir bu un peu trop de gnôle, qu'il se dit.

— Soldat Montagnoux. 99e régiment de Sambre-et-Meuse, annonce l'industriel, qui connaît la musique.

— Bravo, mes petits...

Puis le pitaine regarde les huit valises.

— Nos munitions et des vivres? me demande-t-il, à mi-voix.

Je hoche la tête, positif.

Le banquier me tire par un bras :

— Eh bien ? On s'en va ? Où est le camion ?

— Avez-vous conservé nos vêtements civils ?
me demande Clergerie.

— On va entrer en Suisse habillés en soldats ?
grimace Chauvassut. Je dois me rendre à la
Banque Fédérale dès mon arrivée... Un conseil
d'administration dans cette tenue... hum... c'est
très ennuyeux... ça ne fait pas sérieux...

Je sais pas si le pitaine a entendu. Peut-être
bien que si, et il regarde mes zèbres en hochant
doucement la tête. Il sourit, apitoyé : « Ils ont
dû être choqués, les pauvres bougres. »

— Des pertes, Chevauchard ? me demande le
capitaine.

— Deux tués, mon capitaine.

— C'était un assaut impossible... Une mer-
veille de courage...

Je vois le banquier chanceler. C'est l'éva-
nouissement. Faudrait des brancardiers. Je comprends qu'un quart de tour en retard en voyant
des gars de la ferme ouvrir les valises, sans clés,
en faisant sauter les serrures à la baïonnette...
en sortir les paquets de munitions et les boîtes de
singe...

Pas d'or, évidemment.

Chauvassut — il a rouvert l'œil —, Montagnoux et Clergerie, eux, sont blafards, plus
secoués encore que tout à l'heure, sous les obus
à Guillaume.

— Mais alors ? bégaie Montagnoux.

— Alors, vous avez œuvré pour la France, monsieur, que je fais.

La ferme de Belle-Treille a pu être sauvée, les Allemands ne l'ont jamais prise. Les quarante-trois gars, à l'intérieur, ont résisté cinq jours, grâce aux munitions, et les régiments de zouaves sont arrivés à temps. Le banquier, le noceur et l'industriel sont restés bloqués là-dedans plus d'une semaine. On ne pouvait plus en sortir. Chauvassut, le banquier, m'a menacé du conseil de guerre, et toi aussi, mon pauvre Fallioux... t'as eu droit aux menaces... Montagnoux, lui, la bouclait. Il avait comme un peu honte, et sous le bombardement, il avait très peur. Mais il s'est bien tenu, pas de cris, rien... Clergerie, lui, a pris la chose du bon côté. Même qu'il a fait le coup de feu avec nous autres contre les Boches qui tentaient de s'emparer de la ferme, ça faut le dire, un monsieur ! Trois semaines plus tard, il s'engageait, les poumons guéris, du coup. Il a été tué le 27 décembre 1917, en Argonne. Les combats terminés dans le secteur, Montagnoux a quitté la ferme. Le banquier a porté plainte... en haut lieu... toutes ses relations...

— Et moi je me suis tapé six ans de forteresse, dit Fallioux.

— Et moi deux ans seulement... Circonstances atténuantes dont a tenu compte le falot : j'avais mené l'assaut sur la ferme de Belle-Treille. Duplessis-Tournelle et de Bois-Méard ont été déclarés morts pour la France... Même que dans leur entourage des gens se sont étonnés de leur mobilisation...

— Et l'or de ces messieurs ? demanda quelqu'un.

— Resté dans des caisses planquées dans la cagna 112, enterrées, au lieu-dit la cote 284.

— La cote 284 ? s'étonna un petit vieux qui venait d'arriver, canne en main, un unijambiste. C'est là que j'ai perdu ma jambe... Le 9 septembre 1917. Un assaut idiot, inutile ! Criminel... Deux cents bonshommes sous les obus, à courir pour prendre cette position strictement sans intérêt...

— Un connard qui voulait monter en grade ?

— Peut-être bien... On a eu quatre-vingt-dix-sept tués... Vingt-six blessés graves... Et moi, ma guibolle... Ah ! la cote 284, si je m'en souviens...

— J'ai pu le savoir en 20, dit Chevauchard. La cote 284, c'était une opération commandée en très haut lieu. Le banquier Chauvassut avait fait des pieds et des mains auprès de... Je ne cite pas de nom... Ses relations, comme ces gens-là en ont... Bref, fallait reprendre cette position car, dans une cagna, la numéro 112, justement, mis en lieu sûr au printemps 17, il y avait les lingots de ces messieurs... Vous parlez, le Chauvassut, il avait pas oublié l'endroit.

Ils bavardaient au soleil, sur un banc, dans la cour de l'hospice de Nanterre. Trois petits vieux. Trois anciens de 14-18 : Fallioux, Chevauchard et l'unijambiste de la cote 284.

Les après-midi
de Monsieur Forestier

Juste en face de la villa *Mon Nid* s'élevait un immeuble de quatre étages dont la construction venait à peine d'être terminée et qui, les peintres partis et les vitriers ayant posé leurs vitres, pourrait recevoir ses premiers locataires. Ce n'était pas la classique cage à lapins de banlieue mais une bâtisse à l'architecture moderne, avec de larges baies, non encore vitrées, et où les peintres avaient encore deux bons mois de travail.

On était en juillet, la plupart des ouvriers étaient en congé annuel et ils n'étaient que deux — Bernard Barrière, le patron, un homme d'une cinquantaine d'années d'assez forte corpulence, et Alfredo, le jeune apprenti d'origine portugaise — à passer au blanc crème les murs de la grande pièce centrale — le séjour — du deuxième étage.

On connaît le déballage qui règne sur de tels chantiers : bâches tachées, cordages, pots dégoulinants de peinture, jeux de brosses baignant dans des seaux d'essence, truelles, échelles, etc. Par l'imposante baie — les vitriers ne viendraient qu'à la fin de l'été —, les deux peintres pouvaient voir la petite rue de banlieue, presque campagnarde, aux villas entourées de leur jardinet amoureusement entretenu ; mais comme spectacle, il y avait mieux : la maison d'en face, *Mon Nid,* dont la fenêtre de l'unique étage — celle de la chambre à coucher — était pour ainsi dire presque toujours ouverte en grand par ces journées de chaleur. Et les peintres — sans être des voyeurs c'étaient des hommes — ne se privaient pas du spectacle. Car il y en avait un. Et de choix. Il n'est pas nécessaire d'être doté d'une grande imagination pour comprendre ce que des femmes assez jeunes — à l'allure, à la tenue, au genre plutôt provocants — peuvent venir faire en se présentant aux heures creuses — l'après-midi, souvent — chez un homme seul dont l'épouse est partie pour toute la journée, probablement à son travail.

Forestier eût pu inspirer la pitié, car il était aveugle. C'était un bel homme d'une quarantaine d'années, toujours élégamment vêtu, que l'on voyait souvent, entre dix et onze heures, faire sa promenade, sa canne blanche à la main et ses lunettes noires sur le nez, dans les calmes avenues de cette ville de banlieue.

Barrière et son jeune ouvrier, depuis le temps qu'ils travaillaient dans la maison neuve, commençaient à comprendre ce qui se passait en face.

Le matin, vers huit heures et demie,

Mme Forestier sortait de chez elle et s'en allait, une grosse serviette en main, et les hommes en blanc s'étaient dit qu'elle devait occuper un poste de secrétaire de direction ou quelque chose de ce genre.

Annette Forestier était une petite femme très fine, à la silhouette assez bien tournée et coiffée les cheveux tirés en arrière avec un gros chignon. Elle était toujours vêtue de façon simple, sans tralala, sérieuse même, un tailleur gris ou noir, par exemple.

Forestier, lui, restait dans la villa. On le voyait tâtonner dans sa chambre, à la recherche de ses vêtements, puis se raser, ouvrir la radio, préparer son petit déjeuner, passant de l'étage au rez-de-chaussée où les deux fenêtres restaient elles aussi généralement grandes ouvertes dès le matin. Il allait et venait, et il ne s'en tirait pas trop mal, ma foi, bien qu'il n'eût perdu la vue que depuis très peu de temps. Les peintres avaient appris — au bistrot qui était au coin de la rue ou par des commères, à l'épicerie ou chez le boulanger — que Forestier avait perdu la vue à la suite d'un accident dans l'usine où il était ingénieur : une histoire de câble électrique qui lui aurait sauté au visage. Il touchait une grosse pension en tant qu'accidenté du travail, et l'avenir n'était pas pour lui des plus sombres puisqu'il était l'unique héritier de son père, gros industriel à Belfort, et dans le quartier, des gens quelque peu cyniques n'hésitaient pas à murmurer qu'il n'était pas trop à plaindre.

La villa *Mon Nid* était simple mais coquette et

confortable, presque le rêve pour un couple sans
enfants. Les Forestier étaient propriétaires
d'une belle voiture dans laquelle, la femme
conduisant, ils partaient souvent pour le week-
end. Mme Forestier n'utilisait pas le véhicule en
semaine, le laissant dans un petit garage attenant à la villa. A midi et demi, la jeune femme
rentrait pour déjeuner et repartait vers quatorze
heures. A quoi l'aveugle occupait-il ses après-
midi ? C'était là que les choses se corsaient, et
les peintres — spectateurs malgré eux — en
savaient pas mal là-dessus : Forestier, grand
mutilé du travail, était un Don Juan ! Un chaud
lapin, comme on dit vulgairement. Un véritable
Casanova. Et c'était même pire que ça. Barrière
avait dit une fois que le locataire d'en face était
un drôle de vicieux. La fenêtre de la chambre
n'était pas toujours fermée, même quand...
D'accord, on ne voyait pas le lit — on le
devinait, plutôt —, mais dans ces cas-là les
dessins ne sont pas nécessaires. Alfredo, qui
n'avait pas dix-sept ans, n'en perdait pas une !
Que voulez-vous, on s'éduque comme on peut...

— Dans le fond, avait dit Barrière, l'aveugle
n'est pas chic. Il a une petite femme très gentille,
jolie et tout, serviable, dévouée. Toute la rue
loue ses qualités, à cette petite bonne femme-là !
Quand il a eu son accident, c'est elle qui l'a
complètement rééduqué, aidé à faire ses premiers pas dans la nuit, qui lui a appris l'alphabet
Braille. Une vraie sainte. Quand on pense à ce
que les gens racontent, moi je dis qu'on a du mal
à accepter de la part de l'infirme une conduite si

dévergondée, si injuste. Avant sa sale histoire, les premières années de leur vie commune, ils s'adoraient. Un couple tout ce qu'il y avait d'uni, paraît-il. Et ce n'est pas Forestier qui se serait retourné sur une autre femme ! La sienne, d'ailleurs, était une des mieux du quartier. Le boulanger m'a dit qu'elle a remporté un concours de beauté, il y a quelques années... Et douce, avec ça, aimante, sensible et tout ! D'ailleurs, aujourd'hui, il n'y a rien de changé : elle est encore très bien, désirable, et le dévouement en plus. Bien sûr, le malheureux il ne peut plus la voir, mais le souvenir devrait y être, et les mains, chez ces pauvres gars-là, on raconte que ça remplace presque les yeux. Il devrait donc bien la garder, sa brave petite bonne femme ! Moi je me demande ce qu'il peut bien leur trouver, à toutes ces filles faciles qui viennent dans sa chambre quand il est tout seul !

En fait, de ces femmes faciles — les peintres qui étaient aux premières loges en savaient quelque chose — il en venait de toutes sortes. Toutes de petite taille, en général, menues, nerveuses, sautillantes ; pratiquement le gabarit de la pauvre petite Mme Forestier, à croire que c'était là le type préféré de l'aveugle et qu'il les choisissait comme s'il les avait vues. Pourtant, ce que l'on appelle vulgairement un « grand cheval » serait-il venu passer quelques heures avec lui que le malheureux n'y eût vu que du feu ! Sans doute devait-il leur demander de se décrire et il fallait croire que les dévergondées ne mentaient pas.

Les peintres imaginaient le dialogue, en face, dans la chambre :

— Comment es-tu ? Décris-toi... Mes pauvres yeux ne peuvent te voir...

— Je suis plutôt petite et mince, mon poulet... Mais rassure-toi, j'ai tout de même de la poitrine... Je n'ai rien de la planche à pain...

Et la fille prenait les mains de l'aveugle afin qu'il puisse constater...

— Ma femme, quoi ! Mais tu es une autre...

Cependant, il fallait voir le genre ! Pas la tenue sérieuse de la brave petite épouse, ah non ! Du tape-à-l'œil, oui ! Du peinturluré, du « sexy », comme on dit. Des poules, quoi !

Au début, il y en avait eu une qui devait venir directement de Pigalle. Un tailleur bleu ciel qui lui collait partout, une chevelure rousse, comme enflammée, montant en bigoudis sur sa tête et ressemblant à un galion espagnol en miniature, un tout petit sac dernier cri tout juste bon à contenir une poignée de confetti, des bagues à tous les doigts et la figure peinte comme pour aller au carnaval. Bref, la discrétion en personne.

Puis il y avait eu un autre échantillon. Un vrai souillon de La Chapelle ou de La Villette, cette fois. La tignasse noire, sale, raide, qui tombait, négligée, jusqu'au milieu du dos ; une robe à fleurs délavée, des bas noirs et des talons hauts à se casser net. Même qu'elle avait une cigarette au bec quand elle avait sonné à la porte de la villa !

Une fois arrivée, la poule montait presque

immédiatement dans la chambre. Il y avait des
exceptions, mais rares : l'aveugle et la visiteuse
devaient rester en bas à discuter — ou à faire
autre chose — avant qu'on les voie apparaître
dans la chambre de l'étage. Et la fenêtre, qu'on
oubliait si souvent de fermer ! Ma foi, il n'y avait
pas de vis-à-vis... L'immeuble en construction ?
Quelle importance ? L'aveugle passait et repassait, en veston, pour commencer, puis en chemise et bientôt en maillot de corps. Et la fille !
Des dessous incroyables ! Tout le mauvais goût
possible. Du linge pour vicieux. Pour un peu,
elle eût suspendu tout ça à la fenêtre ! Du noir,
du compliqué. Comme si l'aveugle avait pu voir !
A quoi servait donc toute cette garde-robe
affriolante — à offrir aux regards de vieillards
séniles — puisque Forestier n'avait plus ses
yeux ? Les filles auraient pu avoir sur le corps
une robe de bure ou un sac à pommes de terre
que Forestier, le malheureux, n'eût pas fait la
différence.

Les peintres voyaient tout cela de leur échelle,
et ça durait depuis qu'ils étaient à travailler là,
des semaines. Mais probablement qu'avant leur
arrivée sur le chantier, l'aveugle devait déjà
recevoir ces créatures de cauchemar. Que pou-
vait-il leur trouver d'attrayant ? Un vicieux,
alors... Un client spécial... Et toujours une
nouvelle ! Depuis le début, il y en avait eu au
moins une dizaine. Certaines revenaient plusieurs fois. Les peintres les comptaient, comme
ça, pour s'amuser. Il y avait la rousse, la traîne-
savate, la Duchesse (une femme « très bien »,

certainement, celle-là, et habillée comme une gravure de mode), la binocarde (des lunettes énormes et des nattes dans le dos ; le genre intellectuelle d'outre-Rhin). Des silhouettes qu'on ne pouvait oublier. Et toutes de petites femmes au corps délicat. La taille n'était pas toujours la même, évidemment, selon le port ou l'absence de talons hauts — on en avait même vu une en maillot à rayures, un paquet de journaux sous le bras et chaussée d'horribles sandales !

Une qui s'amusait beaucoup c'était Mme Barrière qui, lorsque son mari rentrait, lui demandait de lui décrire la nouvelle biche du tableau de chasse.

— Qu'est-ce qu'il peut bien leur trouver ? se lamentait Barrière, un homme sérieux, bon père et bon époux. Quand je pense que sa pauvre petite femme est une vraie perle ! C'est dégoûtant ! Ce type-là, malgré son infirmité, devrait être laissé à crever la gueule ouverte ! Moi je trouve ça scandaleux. Si seulement sa femme était une garce, mais c'est tout le contraire. Quand il a eu son accident, elle aurait très bien pu le laisser tomber pour aller avec un autre. J'en connais beaucoup qui l'auraient fait. Non, elle, elle s'est déguisée en infirmière, en bonne sœur ! Ce n'est pas un sacrifice, pour une femme si jeune ? Si elle a trente-cinq ans, c'est le bout du monde. Paraît qu'à son bureau elle est tout ce qu'il y a de sérieux et son avancement — ce qui est rare pour les femmes dans les burlingues — elle ne le doit qu'à son travail ! Et puis, qu'il ait une maîtresse, ce serait peut-être moche mais

pardonnable. Mais trente-six ! C'est de la rage !
Moi je me demande où il les pêche ! Peut-être
bien qu'elles se donnent le mot... Il est vrai qu'il
y a les annonces spécialisées... les agences
spéciales... Et comme il a le téléphone... Moi je
serais curieux de voir ce qui arriverait si elle
rentrait à l'improviste, la pauvre gosse !

Vers 18 heures, la visiteuse se rhabillait et
sortait bientôt de la villa. L'aveugle se recoiffait,
descendait quelquefois faire un tour ; parfois, il
allait jusqu'à faire un bout de chemin jusqu'au
carrefour avec la poule ! Et elle lui donnait le
bras ! Comme sa femme ! Un dégoûtant, ce type.

Un peu plus tard, Mme Forestier rentrait,
souvent avec un sac du supermarché à la main,
car en revenant du bureau il lui arrivait de passer
par la grande surface pour y faire ses provisions.
Et le sagouin, bien qu'il ne l'ait pas vue depuis le
déjeuner, ne daignait même pas l'embrasser
quand elle arrivait !

Pourtant, racontaient des commères, lorsque
Forestier parlait de sa femme — chez les commerçants, par exemple, ou sur quelque banc de
square — ce n'était que pour la louer, la
comparer à la Providence, la considérer comme
une sainte. Et on ne l'avait jamais vu essayer de
parler à une jolie femme du quartier, même
quand il était seul. Pourtant, dans ce coin de
banlieue, les filles faciles à tomber ne man-
quaient pas. S'il avait voulu... Non, il devait
préférer les faire venir de plus loin, sans doute
parce que c'était plus discret, et bon coq ne
chasse jamais dans sa basse-cour.

Un soir, Barrière et Alfredo décidèrent de rester un peu plus longtemps sur le chantier. Le patron était libre, sa femme partie chez sa mère, quant au jeune homme il raconterait un petit bobard à ses parents pour justifier son retard. De leur poste d'observation, les deux hommes, vers la demie de 21 heures, virent la chambre à coucher de la maison d'en face s'allumer — fenêtre toujours ouverte, persiennes non fermées — et la petite Mme Forestier se déshabiller tout comme le faisaient, la journée, les drôlesses. Bien sûr, le spectacle était tout autre. Elle faisait cela bien discrètement, croyant qu'à cette heure tardive les peintres de l'immeuble en construction étaient rentrés chez eux. Ses dessous, à elle, étaient tout ce qu'il y avait de simple, d'ordinaire, d'honnête, n'ayant d'autre but que de vêtir... Et l'aveugle s'approchait, l'étreignait, avait le courage, la malhonnêteté, après les étreintes clandestines de l'après-midi, de serrer avec amour sa femme dans ses bras...

— Le salaud ! grommela Barrière.

« Ils s'adorent... », racontait-on dans le quartier.

— Eh bien, si les gens savaient..., fit Barrière en hochant la tête.

A l'issue d'une autre journée, ayant quitté le chantier sur le tard, les peintres avaient pu voir une jeune femme se présenter à la villa Forestier. Une amie, sans doute, car peu de temps après, Mme Forestier sortait au bras de l'inconnue (du genre sérieux, du reste). Barrière et son apprenti les avaient suivies, comme cela, sans trop le vouloir et surtout parce que les deux femmes les précédaient sur le chemin qui menait à la gare. Elles étaient entrées dans un cinéma, tout près de la station S.N.C.F.

— Il est resté tout seul, avait dit Barrière, sentencieusement, en adressant à Alfredo un clin d'œil qui en disait long. Si on allait jeter un petit coup d'œil?

L'apprenti se ferait encore disputer par sa mère, mais tant pis! La distraction était trop chouette, et puis il ne fallait pas déplaire au patron. Les deux peintres curieux étaient retournés sur leur chantier. La maison d'en face était comme endormie. Pas une lumière. La fenêtre de la chambre à coucher était ouverte et, à la faveur du beau clair de lune d'été, on pouvait presque y voir comme en plein jour. Ils attendirent un peu. Bientôt, ils virent Forestier apparaître dans l'encadrement de la fenêtre. Ils le virent se dévêtir, seul. Ils poireautèrent encore un peu, mais personne ne vint rejoindre l'aveugle.

— Le ciné a dû être décidé au dernier moment, avait fait Barrière. Sans quoi, il y aurait sans doute eu une visite...

*

Il était près de 15 heures.
Sur leurs échelles, les deux peintres regardaient au-dehors. Un beau soleil inondait la rue. Mme Forestier venait de repartir à son travail. L'aveugle, à la fenêtre de sa chambre, respirait

l'air de cette belle journée d'été, moins rare que
la veille parce que la matinée avait été boulever-
sée par un orage. Il était là, les mains sur
l'accoudoir, ses tristes lunettes noires tranchant
sur la pâleur de son visage.

Une demi-heure s'écoula. L'ancien ingénieur
disparut dans les profondeurs de la chambre et
de la maison. Tout à coup, Barrière, qui se
trouvait le plus près de la baie, poussa son
apprenti du coude :

— Regarde ! Une Négresse, à présent !

De fait, une petite femme sonnait à la porte
de la villa. Un genre assez correct, d'ailleurs, si
bien que de dos elle faisait penser à l'épouse de
l'ingénieur. Mais c'était une Africaine, peau
bistre, cheveux noirs courts et crépus, il n'y avait
pas à se tromper, une très jolie petite femme au
demeurant.

— Une Négresse, pas d'erreur ! Décidément,
il veut goûter à tout, le chameau !

Forestier vint ouvrir et le couple disparut dans
la maison. Bientôt, on vit la Noire apparaître
dans la chambre, devant la fenêtre largement
ouverte, les seins nus. Pas mal du tout, ma foi.

— T'en auras jamais tant vu, hein fiston ! dit
Barrière.

— C'est dégueulasse, patron, répondit
Alfredo en faisant une moue de dégoût

— C'est bien mon avis !

Forestier, souriant à belles dents, son regard
sans vie levé vers le plafond de la chambre,
parlait à la fille. Mais du chantier on ne pouvait
entendre ce qu'il disait. Probablement des sale-

tés. Il tendait les bras et, mains ouvertes et levées, marchait vers la jeune Négresse qui partait d'un grand rire et fermait la fenêtre. Sans doute avait-elle vu les peintres curieux.

Barrière se remit à étaler furieusement sa peinture sur le mur.

— Ecoute, petit, fit-il. Je ne suis pas bégueule ni plus Père-la-pudeur qu'un autre... J'aime la rigolade et je comprends la distraction. Mais devant ça, je suis scandalisé ! Ça t'étonne, hein ? Eh bien, c'est comme ça ! Tromper sa femme de cette façon, eh bien, ce n'est pas permis ! Surtout quand il s'agit d'une chic femme comme Mme Forestier. Moi, j'ai bien une idée... A mon avis, on devrait la prévenir. La mettre au courant. Lui ouvrir les yeux sur le sale comportement de son sagouin de mari ! Et pourtant, je t'assure, je n'aime pas foutre mon nez dans les affaires des autres... Mais ici, c'est plus fort que moi. Dans la rue, nous sommes les seuls à avoir assisté à tout ce spectacle scandaleux. Nous seuls sommes en mesure de prouver ce qui se passe dans la villa quand l'aveugle est seul et que sa femme est en train de marner. Ecrivons-lui. Je n'aime pas beaucoup les lettres anonymes, mais quand c'est pour un bon usage, c'est pardonnable. Inutile de signer, car si ça se sait il y aura toujours des gens pour raconter que des peintres comme nous n'ont pas à regarder ce qui se passe chez autrui en travaillant, et ça pourrait causer du tort à mon entreprise et me priver d'une clientèle dans le coin par la suite.

*

Le lendemain, les peintres décidèrent de confectionner la lettre anonyme. Ils la firent après avoir déjeuné, dans la petite pièce qui se trouvait sur le derrière du bâtiment neuf et où il y avait une table. Barrière avait apporté du papier quadrillé et, à l'aide d'une pointe Bic, il traça en lettres capitales d'imprimerie le message suivant :

MADAME. VOTRE MARI VOUS TROMPE AVEC D'AUTRES FEMMES. VENEZ DONC CHEZ VOUS A L'IMPROVISTE UN DE CES APRÈS-MIDI ET VOUS CONSTATEREZ.
DES GENS BIEN INFORMÉS QUI VOUS VEULENT DU BIEN.

L'apprenti, lui, libella l'enveloppe, de la même façon.
— Je la glisserai demain à l'aube dans leur boîte, décida Barrière. J'arriverai de bonne heure de façon à ne pas être vu.
Et il fourra la lettre dans sa poche.
L'après-midi, Barrière dut s'absenter pour passer au siège de son entreprise où il devait rencontrer un expert-comptable. Alfredo, resté seul, guetta la maison d'en face, mais en vain car personne n'y vint. Il y avait des jours comme cela, heureusement.
Le jour suivant, Barrière, qui s'était levé au petit jour, mit la lettre dans la petite boîte

accrochée à la grille du jardin de la villa. Vers 15 heures, la rousse genre Pigalle se présenta chez l'aveugle et on la vit bientôt à la fenêtre de la chambre en coquin déshabillé noir agrémenté de nombreuses dentelles.

Barrière et Alfredo abandonnèrent leurs pinceaux et se postèrent près de la baie, le regard braqué sur le coin de la rue, vers le carrefour. Mme Forestier viendrait-elle ? A midi un quart, lorsqu'elle était venue déjeuner, ils l'avaient vue prendre la lettre dans la boîte. L'avait-elle lue ? Allait-elle survenir et prendre son triste époux en flagrant délit d'adultère ? Ils attendirent, en vain.

— Tiens ! fulmina Barrière. Elle s'amènerait avec un revolver et tirerait dans le tas que je ne lui jetterais pas la pierre ! D'ailleurs, je te fiche mon billet que n'importe quel jury excuserait cette pauvre fille si elle allait jusqu'à brûler la cervelle de ce salaud ! Ça a beau être un aveugle, c'est une crapule ! Son infirmité ne justifie pas son comportement. La morale est la même pour tout le monde.

Vers 17 h 30, la rousse de Pigalle se rhabilla et partit.

∗

L'après-midi suivant une fille genre étudiante, aux mouvements presque timides, se présenta devant la villa après en avoir déchiffré à plusieurs reprises, très hésitante, le numéro. Elle se décida à appuyer sur le bouton de la sonnette et les peintres firent le guet.

La jeune personne pouvait avoir dans les vingt ans et était coiffée à la garçonne ; vêtue d'un long imperméable bleu pétrole, elle portait son sac en bandoulière ; Barrière lui trouva le genre anglais ; elle faisait un peu penser à ces jeunes filles qui, sans façon, accostent les passants dans la rue pour leur proposer des journaux estudiantins.

— Tous les genres lui sont bons, grommela Barrière.

— Il ne les voit pas, fit remarquer Alfredo. D'ailleurs, pour celle-ci, c'est tant mieux car elle est moins bien roulée que les autres.

De fait, la nouvelle venue était plutôt ce qu'on appelle plate et, bien qu'elle fût chaussée de ballerines, sa haute taille restait visible, pas loin d'un mètre quatre-vingts, un échalas.

— Le voilà qui se lance dans les grands chevaux, constata l'apprenti.

— C'est vrai. Jusqu'à présent, c'étaient toutes des petites comme sa femme. Son type, en somme. Mais s'il se lance dans les toutes jeunes... Presque toutes les filles de moins de vingt ans sont grandes, maintenant... Des machins de la nature qu'on n'explique pas...

La grande fille à l'imperméable sonna de nouveau puis, en attendant l'ouverture de la porte, se retourna lentement vers l'immeuble en construction et dut voir les deux peintres aux aguets qui eurent à peine le temps de faire un petit pas en arrière car elle fronça les sourcils et haussa ses épaules maigres. Elle resta un long moment à regarder dans leur direction de telle sorte qu'ils purent voir parfaitement son visage. Elle n'était pas jolie, avait un long nez pointu et des yeux verdâtres presque asymétriques.

— Elle est laide comme un pou ! protesta Alfredo.

— Tu l'as dit, petit. S'il la voyait ! Se farcir des mochetés pareilles ! Pas de seins, pas de fesses... Et la bouille, c'est pas l'Amérique !

Forestier vint ouvrir et la fille entra dans la villa. Elle n'y était pas depuis cinq minutes que Mme Forestier en personne apparut au bout de la rue.

— La voilà ! exulta Barrière. Elle aura pris connaissance de la lettre ! Elle tombe à pic !

Annette Forestier paraissait en colère, il suffisait pour s'en convaincre de voir son pas excessivement rapide et nerveux, et quand elle enfonça brutalement sa clef dans la serrure de la porte de la villa, on eût dit qu'elle donnait un coup de poignard. Elle entra chez elle. Aussitôt, une fenêtre du rez-de-chaussée s'ouvrit toute grande et la jeune femme apparut dans l'embrasure, ôtant son petit chapeau à fleurs. En haut, également devant la fenêtre, l'aveugle enlevait sa cravate, aidé par la fille à l'imperméable. Puis celle-ci commença à se dévêtir. Probablement n'entendaient-ils rien, à des lieues de soupçonner le retour inopiné d'Annette Forestier...

Effectivement, au rez-de-chaussée, la femme de l'aveugle semblait marcher sur la pointe des

pieds et n'accomplir que des gestes précaution-
neux. Elle prit son sac à main, l'ouvrit...

— Regardez, patron ! jeta Alfredo, haletant.

— Un pétard... Ça alors !... Elle a acheté un
pétard. Je crois qu'il va y avoir du vilain... Je
l'avais prévu ! Ils ne l'auront pas volé, ces
saligauds ! Et la pauvre fille peut compter sur
nos témoignages pour la défendre !

Mme Forestier sortait en effet un pistolet de
son sac, une sorte de browning de dame, minuscule et délicat mais tout à fait capable de tuer.
Elle regardait le plafond au-dessus duquel les
amants étaient en train de se dévêtir. Il n'était
pas besoin de la voir de près pour comprendre
que la menace était dans ses yeux. Enfin, elle
ferma la fenêtre d'en bas et tira le rideau.
Montait-elle à l'étage ? Là-haut, la fille maigre
fermait à son tour la fenêtre ; elle était en
combinaison rose et l'on pouvait constater que
sa poitrine était vraiment très plate.

— Elle va faire une connerie ! fit Alfredo.

— Laisse donc faire... Ils ne l'auront pas
volé.

— Enfin quoi, patron... On ne peut tout de
même pas laisser faire ça... sous nos yeux...

— Comment ça, sous nos yeux ? La fenêtre
est fermée. On ne peut rien voir. Non-assistance
à personne en danger de mort, c'est bien beau
quand on voit la personne agressée... Ce qui
n'est pas le cas ici.

— Mais enfin, patron !... On ne va tout de
même pas les laisser se faire descendre comme
ça !

— Tu ne crois pas qu'ils le méritent ? Le mari, surtout...

— Ça je vous approuve, mais tout de même...

— Alors reprends tes brosses, petit Et laisse faire. Dans le fond, ce ne sont pas nos oignons.

Le jeune homme saisit un pinceau et tenta de monter à l'échelle, mais ses jambes flageolantes ne le soutenaient plus et son bras tremblait :

— Vous croyez qu'on entendra les coups de feu, m'sieur Barrière ?

— Ça se peut... Comme il ne passe presque jamais de voitures dans la rue...

Les minutes s'écoulèrent. Un bon quart d'heure passa. Ils n'entendaient rien. En face, c'était la maison du silence, une sorte de tombeau. Mais bientôt la porte de la villa s'ouvrit et la petite Mme Forestier apparut sur le seuil. Elle glissait quelque chose dans son sac. Un objet noir qui pouvait fort bien être un pistolet. Elle prenait un mouchoir, se tamponnait les yeux. Elle pleurait.

— Pauvre fille ! grommela Barrière en serrant avec force le manche de sa brosse. Je vois que la fenêtre de la chambre reste fermée... Elle a dû les guetter, les écouter, et renoncer à les surprendre...

— Elle s'est déballonnée, quoi, précisa l'adolescent.

— Espérons que ce sera partie remise, dit le patron.

A présent, la petite femme trompée s'en allait le long de la rue, rasant les murs comme,

souvent, le font les malheureux, les épaules
secouées...

Là-haut, la fenêtre s'ouvrait. L'aveugle appa-
raissait en chemise non boutonnée, sans cravate.
Il allumait une cigarette. Et la porte d'en bas
était une nouvelle fois ouverte pour laisser
passer, cinq minutes à peine après le départ de
Mme Forestier, la grande fille à l'imperméable
bleu.

— Eux aussi se sont dégonflés, remarqua
Barrière. Ils n'ont sûrement pas eu le temps de
faire ce qu'ils voulaient... Je donnerai cher pour
savoir ce qui s'est passé...

— Ils ont dû entendre monter la femme et se
rhabiller en vitesse...

— Il y a peut-être eu une scène...

Mais le soir, vers 19 h 15, Mme Forestier
rentrait et — ils le virent parfaitement par la
fenêtre d'en bas, ouverte — embrassait chaleu-
reusement son mari.

— C'est à n'y rien comprendre ! déplora Barrière.

— Si vous voulez mon avis, m'sieur Barrière,
elle joue la comédie. Elle doit mijoter quelque
chose...

— Que veux-tu dire, petit ?

Et l'entrepreneur de peinture considérait avec
insistance son apprenti en se disant que, décidément, le gosse ne manquait pas de psychologie.

*

— Surveille la villa, dit Barrière à Alfredo, le
lendemain, au début de l'après-midi. Je dois

m'absenter pour deux ou trois heures. Un fournisseur à voir à Pontoise... C'est pas ici... Je te
confie le chantier. Si quelque chose cloche, tu
me téléphones à ce numéro.

Et il lui remit un bout de papier.

En face, à sa fenêtre de l'étage, l'aveugle
fumait un cigarillo à petites bouffées. La petite
Mme Forestier venait de partir. Barrière enfila sa
veste sur sa cotte blanche, sortit de l'immeuble
et se dirigea vers le coin de la rue. Il héla bientôt
un taxi et se fit transporter tout à l'autre bout de
la ville, à trois ou quatre kilomètres de là, après
avoir traversé la Seine, devant un triste et vieil
immeuble en brique à trois étages. Il grimpa
jusqu'au deuxième, sonna à une des deux portes
du palier. On vint lui ouvrir. Une jeune femme
se tenait devant lui. Etait-elle sur le point de
sortir ou venait-elle tout juste de rentrer ? Toujours est-il qu'elle était habillée pour la rue.
Imperméable bleu pétrole, sac en bandoulière,
chaussée de ballerines... L' « étudiante » de la
veille. Mais le peintre ne s'en étonna nullement.
Il entra :

— Bonjour Sylvia.
— Bonjour Bernard.

Barrière entra dans la salle à manger modeste-
ment meublée et où trois ou quatre reproduc-
tions de peintres célèbres étaient épinglées au
mur. Il s'attabla et se servit à boire, un verre de
bière presque éventée. On entendait passer des
camions le long de la Seine et il y eut le fracas
d'un train qui fonçait sur le grand pont d'acier,
en aval. C'était déjà moins la banlieue tranquille

des petites villas et presque la vaste zone indus-
trielle qui partait avec ses grues et ses pylônes
pour border Paris. A cause de l'étroitesse de la
rue et des hauts bâtiments usiniers qui se dres-
saient en face, l'intérieur était sombre et l'on
devait y donner la lumière dès 5 heures de
l'après-midi.

— Annette est là ? demanda Barrière.

— Oui. Dans sa chambre. Elle se prépare.

Dans un berceau, un bébé dormait, son pouce
dans sa bouche.

— Tu as été épatante, hier, dit Barrière. Le
môme a marché à fond.

— Bien sûr, Forestier ne me voyait pas...
Lorsque je suis entrée, il a cru que c'était
Annette. Elle est arrivée presque aussitôt. Je me
suis mise dans un coin de la chambre et je me
suis faite toute petite. Ils ont fait ce qu'ils
avaient à faire... Puis Annette est partie en
lui racontant qu'elle avait une course à faire...
Elle est sortie de la villa en se tamponnant les
yeux...

— Le gosse a cru dur comme fer qu'elle
chialait !

— Aussitôt, le plus silencieusement possible,
je suis sortie à mon tour de la villa... Forestier
n'a pas dû se rendre compte de ma présence, sa
femme partie... Dire qu'il a fallu que je me
déshabille ! Que j'entre dans cette chambre...
Tout ça pour être vue par ton apprenti ! Je suis
restée à poil... ou presque... Annette s'est
amenée dans la chambre, s'est mise à lui
parler... Nous étions trois... Mais lui devait être

persuadé qu'une seule femme était entrée chez lui... Quelle comédie ! Presque du vaudeville ! Dans le fond, peut-être qu'il a flairé quelque chose ? Je ne sais pas... Annette et moi avons utilisé le même parfum... Forestier a perdu la vue depuis trop peu de temps pour être déjà doué de ce fameux flair, propre aux aveugles, d'après ce que l'on dit...

Barrière se leva, alla à la porte de la pièce voisine et la poussa. Dans la chambre, la petite Mme Forestier, en peignoir, était installée devant une table de toilette et se maquillait. Elle se faisait, avec une habileté presque digne de Max Factor, une tête de vamp rousse. Tout y était. Y compris la tenue tape-à-l'œil qui attendait, déployée sur le lit, ainsi que les dessous noirs.

— Bonjour, Bernard chéri. J'espère que j'en aurai bientôt terminé avec toutes ces simagrées ! J'en ai plus que marre de toutes ces transformations ! Un jour vamp, le lendemain tapineuse ou vendeuse de journaux ! Une autre fois souillon de Saint-Ouen ! Le jour d'après bonniche ou bourgeoise de Passy ! J'ai raté ma vocation ! Je serais mieux à la Porte-Saint-Martin ou à l'Athénée ! Quand je pense que je suis allée jusqu'à me changer en Négresse ! Et là, j'aime mieux te dire que pour me nettoyer ça a été un peu compliqué ! Si Forestier me voyait...

— Justement, il ne te voit pas. Mais il t'entend, et c'est l'essentiel. Quand tu parles à ton mari, il sait que tu es là, devant lui, à ses côtés, dans ses bras. Il sait que c'est toi. Et quand il te touche, il touche toujours sa femme. Que tu l'aies rejoint travestie en vamp ou en souillon, en grue ou en femme de chambre, cela il l'ignore. Ce détail, c'est pour la galerie. La galerie : les peintres d'en face. Moi et le gosse.

— Bien sûr, vous autres êtes persuadés — enfin, ton apprenti est persuadé que les femmes qui viennent à la villa une fois la brave petite M\ème Forestier partie à son bureau sont des étrangères. Tout y est ! L'habillement, la coiffure, l'allure... Mon mari, lui, croit tout simplement que c'est sa femme — et il n'a pas tort, cet homme... Sa femme qui, après être allée travailler deux heures ou un peu moins, revient à la maison, car elle n'est employée que cinq heures par jour : le matin, de 9 à 12, l'après-midi : de 13 h 30 à 15 h 30, enfin approximativement, un peu moins, même...

— Cette blague ! Et si vous vous aimez presque tous les après-midi, c'est tout simplement parce que vous vous adorez. Mais pour la galerie, ton mari te trompe outrageusement. Et si, jalouse, écœurée, brisée, tu l'abats... devant témoins, par exemple... le jury compatira à ton malheur. En France, un crime passionnel... n'est pas un crime. Surtout lorsqu'on est en présence d'un cas si flagrant : d'un côté une petite épouse dévouée qui s'est entièrement consacrée au bien-être d'un aveugle, à sa rééducation ; de l'autre un infirme égoïste, obsédé sexuel insatiable... Au cours d'une crise de désespoir, l'ayant surpris en compagnie d'une de ses maîtresses, tu l'abats ! L'acquittement est presque certain. Dans le pire des cas, tu encours cinq ans avec sursis.

— Je suis la sacrifiée, fit calmement Annette Forestier dont le visage disparaissait à présent sous le maquillage hurlant d'une fille de boîte et qui enfilait une robe collante pailletée d'or et de rouge.

— On jurerait une chanteuse de bouge à la mode ! s'exclama Barrière.

— Qu'est-ce qu'il ne faut pas faire pour assassiner un type, dit Annette Forestier en tapotant sa perruque rousse.

— Se faire pincer, ricana Barrière.

— Si je dois purger cinq ans, je les purgerai. L'enjeu en vaut la chandelle. Les prisons sont pleines de gens qui en sortiront très riches. Dans cinq ans, nous serons réunis à jamais. Et fortunés. Sylvia aura sa part...

— Je t'accompagne ? demanda Sylvia, l'« étudiante », qui venait d'entrer.

— Non, répondit Annette Forestier. Aujourd'hui, j'opérerai seule.

— Allez, va, fit Barrière. Le môme, sur son échelle, guette ta venue. Je t'assure qu'il doit en écarquiller les mirettes d'avance !

La petite Mme Forestier, déguisée en fille de bastringue — elle s'était contentée de garder son parfum habituel, très discret —, sortit du logement de Sylvia. Elle prit un taxi et se fit déposer au coin de la rue de sa villa. Elle marcha vers *Mon Nid*. Là-bas, entre ses quatre murs blanc crème, le jeune Alfredo la regardait venir, fasciné par sa silhouette provocante.

— La rouquine, aujourd'hui... La garce !

La femme s'arrêta devant la villa, regarda à droite puis à gauche, comme quelqu'un qui n'a pas tellement envie d'être vu, et sonna.

Forestier vint ouvrir et la fit entrer. Le fait que Mme Forestier entre chez elle en sonnant ou en mettant sa clef dans la serrure ne posait aucun problème dans la maison, était sans importance, comme dans la plupart des ménages.

— Entre, ma chérie... Tu es vite revenue...

— J'ai pris un taxi.

— Quand donc pourras-tu disposer de ton après-midi complet ? demanda l'aveugle. D'ailleurs, tu n'as pas à travailler. C'est ridicule. Laisse tomber ton cabinet d'assurances, par pitié ! L'héritage dont je viens d'être le bénéficiaire est bien suffisant pour... N'oublie pas que mon père m'a laissé ses deux usines et que...

— J'adresserai ma démission à Durier à la fin de ce mois, mon chéri.

Ils s'étreignirent.

— Annette, ma chérie... Nous serons ainsi continuellement ensemble... inséparables...

— Inséparables, mon amour.

— Nous achèterons une autre maison.

— Oui... Bien plus belle, bien plus grande...

— Au bord de la mer. Rien ne nous retiendra par ici.

— Oui, au bord de la mer... Je te raconterai... Je te décrirai le paysage... Tu verras...

— Inutile. Nous irons en Vendée. Un endroit que je connais admirablement et où j'allais souvent, *avant...* Je vois le paysage comme s'il était là, devant mes yeux...

Elle l'entraînait vers l'escalier. Il se laissait faire, docile comme un malade.

— Montons, Charles...

— Au fait, la maison d'en face, elle n'est pas terminée ?

— Si. Enfin, presque. Ils en sont aux peintures...

Il lui repoussait le bras, avec autant de fermeté que de douceur :

— Non... Laisse-moi, ma chérie... A présent, l'escalier ça va très bien je t'assure...

L'aveugle et sa femme entrèrent dans leur chambre. L'homme commença à se dévêtir. Il dénoua sa cravate, retira ses lunettes... Son épouse se plaça devant la fenêtre ouverte, très ostensiblement. Elle se déshabillait toujours elle-même...

C'était un couple très uni. Ils s'aimaient comme de vrais amants. Inlassablement.

*

En face, Alfredo, sa brosse aux poils imbibés de peinture en suspens, hochait la tête avec dégoût :

— La salope... Et ces dessous noirs... La voilà bientôt à poil... Et elle ne fermera pas la fenêtre ! Je suis sûr qu'elle sait qu'on la regarde... Et toujours de dos, comme si elle craignait que nos regards se rencontrent...

*

Le lendemain matin, Alfredo dit à son patron et à trois autres peintres qui rentraient de vacances :

— Hier, la rouquine est venue. Elle est partie vers cinq heures. La femme de l'aveugle a rappliqué à sept heures. Son mari l'attendait tranquillement, en bas, assis dans son fauteuil. Il ne l'a même pas embrassée !

Barrière et le jeune homme mirent les trois autres ouvriers au courant et tous furent d'accord pour plaindre la petite Mme Forestier et condamner l'aveugle — ce Casanova de banlieue, comme disait Barrière — en termes 'es plus vifs.

*

Ce matin-là, Mme Forestier se rendit comme d'habitude à son bureau de l'agence d'assurances *L'Aube*. Elle ne paraissait pas d'aplomb et sortit plusieurs fois. Elle revenait toujours les yeux rouges, si bien que, à onze heures, son chef lui demanda gentiment ce qui n'allait pas. Alors elle n'y tint plus et éclata en sanglots comme seule une femme sait le faire. Elle montra tout. La lettre anonyme, le browning qu'elle avait acheté à un client de l'agence, un ancien chauffeur de taxi. Elle raconta sans retenue ses malheurs. Son mari, l'après-midi, alors qu'elle était absente — elle allait garder le bébé d'une

amie — en réalité, Mme Forestier ne travaillait
chez l'assureur que le matin, ce qu'ignorait son
mari —, recevait des femmes! Ses maîtresses!
Elle en détenait la preuve. Par deux fois elle
était entrée chez elle à l'improviste au milieu de
l'après-midi alors que son époux la croyait
absente pour toute la journée. Elle avait écouté,
entendu des voix dans la chambre à coucher, vu
des effets de femme inconnus. Elle était prête à
tout et avait acheté ce pistolet.

Chacun essaya de la consoler et de la dissua-
der de faire une chose pareille, le patron, les
employés, mais dans le fond, lorsqu'elle fut
partie, ils furent unanimes à la plaindre et à
condamner la conduite de l'infirme pour lequel
elle s'était tant dévouée.

*

A 13 heures, Barrière dit à ses ouvriers :
— J'ai à m'absenter deux heures. (Et, l'air
rigolard :) Je vous laisse aux premières loges.

Les peintres saisirent leur brosse, histoire de
barbouiller un peu de mur avant l'arrivée de la
visiteuse. Qui serait-ce, aujourd'hui? On fit des
paris. La rouquine? L' « étudiante »? La
Négresse? Forestier aurait-il seulement de la
visite?

A 13 h 15, Mme Forestier, en petit tailleur gris
très simple, son éternel chignon sur la nuque et
coiffée d'un amusant chapeau à fleurs, sortit de
la villa.

— Dans deux heures au plus, l'autre arrivera, prévint Alfredo.

Mme Forestier se rendit en taxi à l'autre bout de la ville, chez son amie et complice l' « étudiante », Sylvia, jeune femme qui avait un bébé. Pour ses collègues de bureau, l'épouse de l'aveugle était censée aller garder l'enfant l'après-midi. Barrière, son amant, était là aussi. Sylvia, jeune personne vénale et abandonnée par le père du bébé, avait accepté de jouer la « fausse maîtresse ». Elle était prête, dans son imperméable bleu, raide comme un grenadier, sac en bandoulière, ballerines aux pieds.

Annette Forestier exprima sa satisfaction de n'avoir pas, aujourd'hui, à se déguiser, à se maquiller et à mettre des chaussures qui la faisaient tant souffrir.

— Relâche. Ouf ! Je reste moi-même !

Puis elle devint grave, ouvrit son sac et vérifia le chargement de son browning :

— Allons-y, décida-t-elle.

— Je pars en avant, dit Barrière. Laissez-moi un bon quart d'heure.

L'entrepreneur de travaux de peinture alla prendre un taxi et regagna son chantier. Ses ouvriers étaient en plein ouvrage.

— Alors ? demanda-t-il. Il en est venu une ?

Pour toute réponse, Alfredo lui montra la fenêtre de la chambre à coucher, ouverte, et l'aveugle, accoudé à la barre d'appui, qui fumait tranquillement.

— Peut-être qu'il n'en viendra pas, dit Barrière.

— Ça arrive ? demanda un ouvrier.

— Oui. Mais c'est rare.

Mais les peintres n'eurent pas à se poser la question trop longtemps, car au bout de la rue apparut l' « étudiante », la grande fille au visage ingrat.

— C'est ça qu'il se farcit ? s'exclama un des peintres.

— Elle n'est pas gironde, d'accord, fit Barrière. Mais je crois que c'est encore la moins repoussante ! Si vous voyiez les autres ! Des guignols pour boxons ! A vous écœurer de faire l'amour. Des Picasso ambulants.

— La voilà ! jeta Alfredo.

Sylvia, parvenue devant la porte de la villa, regarda ostensiblement à gauche puis à droite, avec une insistance qui n'échappa à personne dans le groupe des peintres et qui fit dire à l'un d'eux :

— Elle fait gaffe, la garce ! Il a dû lui recommander de bien regarder si la rue était vide avant d'entrer chez lui. Ce que c'est quand on n'est pas tranquille !

L' « étudiante » se tournait vers la bâtisse en construction, fixait les peintres avec audace, tous groupés devant une baie du second étage. « Vous m'avez bien vue ? » semblait crier la fille. Et, de fait, c'était bien là sa mission. Se montrer. Persuader les ouvriers qu'elle *n'était pas* la femme de l'aveugle.

La porte de *Mon Nid* s'ouvrit et Forestier fit entrer la jeune femme au nez pointu.

— Il va y avoir du grabuge ! jeta Barrière.
Regardez là-bas !...

Quatre têtes se tournèrent vers la gauche. En
haut de la petite rue, apparut la silhouette
trottinante de Mme Forestier, dans son sérieux
tailleur gris, coiffée de son chapeau à fleurs au
genre « province » et serrant très fort son sac
contre sa poitrine.

— Elle a l'air en pétard !

— Y a de quoi !

— Elle va les surprendre !

— Est-ce que cette fois elle va se dégonfler ?
demanda Alfredo.

— Elle a un pistolet !

Là-haut, la fenêtre était toujours grande
ouverte. On voyait l'aveugle faire les gestes
rituels... Le veston... La cravate... Et la fille
enlevait son imperméable, tapotait ses cheveux... Elle commença à se dévêtir avec des
mouvements d'automate, le regard anxieux
tourné vers la porte. Elle fut bientôt en combinaison. Elle s'immobilisa. Elle semblait attendre
quelque chose.

La petite Mme Forestier était presque devant
la villa.

La grande fille, dans la chambre, interrogeait
la porte, en proie à une indicible détresse, les
bras croisés, couvrant sa poitrine...

— Elle a l'air d'avoir des pressentiments, la
poupée ! fit un peintre.

— L'autre a un pistolet, rappela Alfredo.
Elle est capable de tout, c'est sûr.

— Il faut empêcher ça, quoi, bon Dieu ! lança un ouvrier.

— File chercher un agent, lui dit tranquillement Barrière. Il y en a un au carrefour, sur l'avenue.

Le peintre ne se le fit pas répéter. Il sortit en hâte de la pièce, dévala l'escalier tout neuf...

En face, l' « étudiante », le visage angoissé, était à présent toute nue. Et la fenêtre, toujours béante !

Sylvia ne desserrait pas les lèvres et avait tourné son visage torturé vers un coin de la chambre où devait se tenir le lit. Elle hochait la tête négativement, désespérément. L'aveugle devait être en train de lui parler. Peut-être s'impatientait-il, car la jeune femme ne bougeait pas d'un pouce, comme une statue de nu qui eût été rivée là, devant la fenêtre.

La petite Mme Forestier introduisit sa clef dans la serrure de la porte, entra chez elle. Une fenêtre du rez-de-chaussée était ouverte. L'été permettait ces aérations presque continues.

— Regardez ! jeta Barrière.

Les autres obtempérèrent et virent. La petite femme se tenait dans la grande pièce du rez-de-chaussée, devant la fenêtre. Elle ouvrait son sac, en sortait le pistolet, en vérifiait une fois de plus le chargement.

— Il faut arrêter ça ! glapit un peintre.

— Bouge pas, intima Barrière. Tordieu est allé chercher un flic. Tenez, les voilà...

En effet, à l'autre bout de la rue il y avait du nouveau. Le nommé Tordieu accourait, suivi

d'un gardien de la paix qui semblait peu pressé.
Le peintre le tirait presque par le bras et faisait
de grands gestes en montrant la villa de l'adultère.

— Ils vont arriver trop tard ! lança un peintre.

— Eh bien, moi je le souhaite, dit posément
Barrière. Cette petite bonne femme est méri-
tante et on ne s'est que trop payé sa tête. Il
arrive que la coupe déborde. Plus de dix maîtresses ! Oui, mon gars. Alfredo et moi on peut
l'affirmer ! On a fait le compte ! Cette petite
femme, elle se venge et je l'approuve. La
patience a des bornes.

Là-haut, dans la chambre à coucher, Forestier, allongé sur son lit, presque nu, répétait :

— Mais pourquoi ne me réponds-tu pas,
Annette ? Parle-moi. Que se passe-t-il ?...
Annette... Qu'est-ce que tu as ? Je sais pourtant
bien que tu es là... Je le sens... Pourquoi restes-
tu immobile devant la fenêtre ? Viens près de
moi, ma chérie... Mais qu'est-ce que tu as ? Vas-
tu me répondre à la fin ? Tu regardes quelque
chose ? C'est dans la rue ? Parle, voyons. Mais
réponds-moi donc, bon sang ! (Il se dressa sur le
lit :) Que se passe-t-il, Annette ?

Sylvia, complètement nue, n'ouvrait pas la
bouche. L'eût-elle fait que Forestier se fût
immédiatement rendu compte que cette voix
n'était pas celle de sa femme. A son arrivée dans
la villa, la grande fille s'était immédiatement
rendue aux toilettes pour n'avoir pas à parler à
l'aveugle. Depuis presque un quart d'heure
qu'elle était à *Mon Nid* elle n'avait pas desserré

les lèvres. Et, bien sûr, Forestier s'en étonnait. Seul le parfum de sa femme, si familier, qui flottait dans la pièce, incitait l'infirme à penser que la fille qui venait de se déshabiller à trois mètres de lui était son épouse...

« Que fait Annette ? se demanda une fois de plus Sylvia. Elle en met un temps ! »

Elle avait peur. L'aveugle s'impatientait, très près de trouver la situation bizarre. Bientôt il allait se lever et, en tâtonnant, les mains en avant, venir la prendre, la serrer dans ses bras, l'écraser tendrement contre lui, la toucher de tout son être... Et peut-être se rendrait-il compte que ce corps lui était inconnu ? Non, Annette arriverait à temps.

Elle entendit son pas dans l'escalier.

*

Dans l'escalier de la villa, le pistolet en main, immobile sur une marche, Annette Forestier attendait en surveillant la rue à travers une lucarne. Ce flic mettait un temps fou à arriver ! Elle avait eu soin de laisser la porte d'entrée simplement poussée. Ils n'arriveraient donc jamais ? Forestier pouvait pousser Sylvia à...

« Les voilà ! » Le peintre et le gardien de la paix étaient là, au rez-de-chaussée.

— Oui, c'est bien ici, monsieur l'agent, dit l'ouvrier.

— Allons-y, dit le brigadier.

— C'est au premier... Vous pensez, avec

notre vue plongeante... on est aux premières loges...

On entendait le pas des deux hommes dans l'entrée, au rez-de-chaussée.

Annette Forestier se précipita vers le palier du premier étage, l'arme au poing.

— Arrêtez! hurla l'agent qui, posté au bas des marches, la tête levée, voyait la jeune femme armée.

Le flic se jeta dans l'escalier. Annette Forestier fit irruption dans la chambre. Son mari, juste en slip, marchait les bras tendus vers Sylvia... Sylvia, complètement nue... La grande fille se laissa enlacer par l'aveugle qui, déjà, ses mains courant sur les épaules de sa partenaire, s'étonnait...

— Salauds! Salauds! hurla Annette Forestier. J'en ai assez! Je ne peux plus supporter ça! Je n'en peux plus! C'est trop!

Avant que Forestier n'ait compris et ouvert la bouche, elle lui tira cinq balles dans le dos et une dans la nuque, sous les yeux exorbités de l'agent qui n'avait rien pu faire. Sylvia s'était dégagée de l'aveugle juste à temps. Elle gisait, prostrée, le regard horrifié, dans un coin de la chambre mordant son poing, étonnante comédienne. Mme Forestier avait immédiatement retourné le canon de son arme sur sa tempe et fait mine de presser la détente. Mais l'agent la désarma sans mal, d'autant qu'elle était tout à fait consentante.

Forestier, le dos et la nuque en sang, était allongé à plat ventre sur le tapis, mort. Sylvia, épouvantée — cette fois, elle l'était vraiment ; elle venait de voir le cadavre de Forestier —, s'était dressée et avait saisi sa robe qu'elle tenait roulée en boule devant elle tandis que ses lèvres remuaient stupidement.

Annette Forestier regarda un instant autour d'elle. Le flic qui tenait le pistolet. Le cadavre couvert de sang. Le peintre blafard. Elle se jeta alors sur le lit en pleurant, en proie à une crise de nerfs.

Une de ces scènes classiques de drame passionnel qui n'étonnent plus guère un policier. L'agent avait déjà assisté à ce genre de choses cinq ou six fois depuis le début de sa carrière.

*

Le juge d'instruction accorda la liberté provisoire à la veuve Forestier. Elle comparut aux assises en février, sept mois après le meurtre. Son avocat fut excellent et brossa un tableau adéquat du dévouement et de la fidélité conjugale de cette épouse modèle qu'on avait cyniquement trompée, du calvaire enduré par cette jeune femme que la misère morale, la jalousie saine et normale et surtout le chagrin avaient conduite à ce geste de colère que les tribunaux français excusent volontiers...

Le jury fut impressionné par les témoins cités par la défense : M. Bernard Barrière, entrepreneur de peinture, et ses quatre ouvriers. Furent particulièrement écoutés les témoignages du patron et de son jeune apprenti qui relatèrent, sans haine et sans passion, ce qu'ils avaient pu voir depuis leur chantier, au fil des semaines, durant ces mois de juin et de juillet... Les nombreuses maîtresses de la victime ne donnèrent bien entendu jamais signe de vie et tout le monde comprit cette dérobade que d'aucuns qualifièrent de prudence mais aussi de lâcheté. Maître Jaumin évoqua avec un talent évocateur les rendez-vous galants dans la chambre, la sexualité insatiable de l'aveugle, la comédie odieuse jouée durant des semaines à l'accusée, femme exemplaire aimée dans son quartier comme à son travail.

La jeune femme trouvée sur les lieux du meurtre comparut à la barre pour témoigner qu'elle avait été à deux reprises la maîtresse de Forestier et fut huée par le public.

Annette Forestier fut condamnée à deux années de travaux forcés avec sursis et libérée dès le prononcé du verdict.

A la mi-mars, la veuve Forestier reçut des mains de maître Peignon, notaire à Belfort, un chèque de 5 832 100,75 francs, montant — moins les frais et impôts divers — de la fortune que feu Emilien Forestier, industriel à Sochaux, décédé dix mois plus tôt, ses usines vendues, avait laissée à son fils unique, Charles.

Annette Forestier versa cinq millions anciens en espèces à sa complice Sylvia, vendit la villa *Mon Nid*, acheta un appartement neuf à Paris, laissa s'écouler quinze mois et épousa son amant, Bernard Barrière — qui venait de quitter la femme avec qui il vivait maritalement depuis six ans —, en racontant — toujours pour la galerie — que le témoignage de l'entrepreneur de peinture lors de son procès l'avait émue et incitée à mieux connaître cet homme.

Un fameux coup de pinceau

(Nouvelle publiée dans
« Le Magazine du Mystère » en octobre 1977)

Cinq ans déjà que j'avais changé mon fusil d'épaule et somme toute ma petite vie honnête et tranquille ne se déroulait pas trop mal. Je n'avais pas encore droit à la visite du type des allocations familiales, mais je cotisais à la sécurité sociale et payais régulièrement mes impôts. Je n'avais pas la moindre raison de regretter ma période noire : depuis la fin de mon service militaire jusqu'à l'âge de vingt-cinq ans, j'avais perdu mon temps à vivre de combines véreuses, à côtoyer des truands, et je peux dire que j'avais eu une chance inouïe de ne pas finir par me retrouver en maison centrale. Je m'en étais assez bien tiré et, lorsque j'avais fait la connaissance de Jeanne, j'avais décidé d'abandonner à tout jamais cette existence en marge des lois. Jeanne m'avait tout simplement sauvé du joli pétrin que mon avenir me promettait alors. J'avais réintégré le droit chemin comme un grand et je m'étais mis à gagner ma vie honnêtement. Ayant décidé à l'époque de reprendre mon ancien métier, j'exerçais, à domicile, la profession de mécanicien dentiste. Ça ne me rapportait pas des mille et des cents, mais, comme je travaillais pour de grosses cliniques, je parvenais à vivre assez confortablement.

Lorsque j'avais fait la connaissance de Jeanne, elle venait de plaquer le type qu'elle avait épousé trois ans plus tôt, un individu vraiment peu intéressant, agent immobilier de son état, qui avait trempé dans plusieurs petites escroqueries à la construction. Le mari de Jeanne, menacé d'être traîné devant les tribunaux, avait préféré aller changer de peau en Australie sans prendre le temps d'entamer une procédure de divorce. Jeanne et moi vivions donc en ménage, mais cette situation ne nous gênait en aucune façon. Nous n'enviions personne. Nous étions heureux. J'accomplissais tranquillement mon petit travail, dans la grande pièce du fond de l'appartement que nous avions acheté, à Montmartre. Nous étions également propriétaires d'une jolie Panhard Deutsh et d'une bonne vieille R 8 que nous utilisions pour circuler dans Paris. Nous prenions un mois et demi de vacances par an, un mois en été, quinze jours en hiver. Nous avions nos soirées pour nous et nous ne lésinions pas sur le porte-monnaie pour en profiter pleinement. Nous sortions énormément et voyions presque tout ce qui valait la peine d'être vu à Paris. Jeanne me mijotait de bons petits plats, me tricotait des pulls et courait les magasins. Nous formions un couple vraiment uni et heureux de vivre. Quelquefois, je regrettais de n'avoir pas rencontré

Jeanne plus tôt et je ne parvenais pas tout à fait à comprendre, comment, pendant cinq ans, j'avais pu mener une existence de malfrat, commettant plusieurs cambriolages et exerçant une flopée de trafics louches. Dieu merci, tout cela était enterré et ce ne serait pas encore demain la veille du jour où j'irais traîner mes guêtres à Pigalle ou à Barbès. Jeanne et moi, bien tranquilles sur le versant nord de la Butte, face à Saint-Ouen, évitions toujours ces quartiers mal famés et hantés par des individus dont l'allure nous flanquait la nausée. Malgré tout, à Paris, je ne risquais pratiquement pas de rencontre quelque connaissance ancienne de l'époque des mauvais jours. Mes activités répréhensibles avaient eu pour théâtre Lyon et ses environs. J'avais connu Jeanne à Valence et nous étions montés aussitôt à Paris.

Ce jour-là, c'était à la fin de juin et nous devions partir pour l'Italie vers la mi-juillet, Jeanne était allée faire la tournée des magasins comme elle adorait le faire, de préférence du côté de l'Opéra ou sur les Champs-Elysées. Naturellement elle avait dû aller fourrer son joli nez chez les antiquaires, comme elle en avait la manie, et allait certainement rapporter quelque vieillerie. L'appartement était plein de ces colifichets que Jeanne était si fière d'avoir dégotés. Des trucs qui ne valaient pas un bouton de bottine mais dont elle s'imaginait naïvement qu'ils pouvaient coûter tout de même une petite fortune. Je ne la contrariais pas.

J'avais cessé de travailler un peu plus tôt que

d'habitude, rangé mon matériel, mis de l'ordre
dans mon atelier et je m'étais rasé et changé.
Nous avions projeté de passer la soirée au
Wepler où l'on passait un film avec Bourvil que
nous aimions beaucoup l'un et l'autre. Nous
irions à la séance de 20 heures et dînerions
ensuite dans un sympathique petit restaurant
cévénol de la rue des Batignolles, dont nous
connaissions le patron, pour finir probablement
nos réjouissances dans un bon café-théâtre.

La soirée s'annonçait bien et je sifflotais un de
ces airs un peu débiles mais bon enfant qui font
fureur en ce moment, très détendu, content
d'avance de cette sortie qui allait s'ajouter à bon
nombre d'autres, toutes très réussies.

J'ignorais alors que, d'ici peu, j'allais recevoir
comme un jet de foudre sur le crâne et que mon
bonheur allait s'avachir lamentablement, tel un
paquet de vieilles nippes.

J'allais me pencher à la fenêtre et je vis la R 8
bleu pétrole de Jeanne. Elle cherchait à se garer
entre deux grosses cylindrées de marque américaine qui ne lui laissaient que très peu de place.
Elle s'appliquait à effectuer sa manœuvre, sous
l'œil goguenard de deux ou trois traînards des
rues qui n'avaient probablement rien d'autre à
faire en attendant la soupe.

Jeanne descendit de son véhicule et m'adressa
un petit signe amical. Puis elle ouvrit sa portière
arrière et — geste que j'attendais — sortit
plusieurs paquets de la voiture. Parmi ceux-ci,
j'avisai un emballage long et plat qui, vraisem-
blablement, devait être quelque croûte à deux

sous dénichée chez un marchand de tableaux de sixième ordre.

Jeanne posa ses paquets et vint se fourrer dans mes bras. Je sentis son corps chaud et ferme et lui caressai les cheveux qu'elle avait blonds, longs et soyeux. J'avais une drôle de chance d'avoir pour moi tout seul une créature si tendre et si jolie.

Je lui demandai ce qu'elle avait déniché chez ses antiquaires à la gomme. Elle défit le paquet plat et en sortit une toile d'environ quinze figures. Dès qu'elle me la montra, je faillis tomber sur le postérieur et tous mes vilains souvenirs rappliquèrent dans ma mémoire comme une marée noire poussée par un vent mauvais. Elle parut plutôt surprise — et il y avait de quoi — de me voir virer du rose au blême.

— Cette toile ne te plaît pas, chéri ? Je trouve que la facture en est très soignée.

Pour être soignée, la facture était soignée. Mais avec combien de litres de sueur froide allai-je payer une pareille facture ?

La toile représentait, sur fond jaunâtre, un visage d'homme, de face. Le peintre avait certainement de l'admiration pour Ingres. Un photographe n'aurait pas fait mieux. C'était léché comme un galet par la mer. Du pompier, mais du pompier que je trouvai drôlement sinistre. Une figure d'homme assez particulière. Il n'y avait certainement pas deux bobines pareilles dans toute l'humanité. Un faciès vraiment déplaisant. Une trogne énorme, bouffie, copieusement chevelue, barbue... Trois mentons. La bouche ouverte en un rictus digne du Chourineur d'Eugène Sue. Le nez en bec d'aigle et le regard, un peu vitreux, mauvais comme la gale. Une trombine à mettre séance tenante au pilon. Je n'y connais rien en peinture, mais du point de vue de la ressemblance, c'était du grand art. L'homme qui avait posé pour le peintre n'était autre que Gaston Mascouty, un truand dangereux que j'avais imprudemment fait envoyer en prison pour cinq ans, grâce à un renseignement donné à la police.

Je me souvins alors que, à Lyon, Mascouty fréquentait un peu certains milieux artistes, où il pouvait mettre la main sur quelques drogués dont il devenait le fournisseur attitré, et qu'un de ses cousins peignait à la chaîne des cathédrales de Fourvière pour les touristes. Je me souvenais du cousin ; il signait ses toiles Grandmaison. Le portrait que j'avais sous les yeux n'était pas de lui. En m'approchant de la toile, je pus lire, en bas et à droite : Varino — 1969. La toile était donc de cette année. Mascouty était sorti de prison. Ça collait. Il avait été condamné en 1964 et, compte tenu de la classique remise de peine pour bonne conduite, avait dû être libéré quatre ou cinq mois plus tôt. Il avait posé pour un peintre et il avait fallu que ce fût Jeanne qui achetât ce portrait de cauchemar. Décidément, Mascouty, qui avait juré de me descendre s'il me retrouvait, venait me flanquer la trouille jusque dans ma maison.

Mais je devais garder mon sang-froid. Il ne

s'agissait là que d'un portrait et, Dieu merci, le modèle n'était pas prêt à me trouver. Avant son arrestation, Mascouty vivait à Lyon et, si mes souvenirs étaient bons, il ne comptait ni famille ni relations à Paris. Il avait purgé sa peine à La Talaudière, près de Saint-Etienne et, sans nul doute, le portrait avait été fait à Lyon. Ce n'était pas parce que j'avais la tête de Mascouty chez moi que le bonhomme en chair et en os allait suivre la toile incontinent. Une chance : le modèle n'était pas attaché au tableau. Que Jeanne eût acheté le portrait de ce type qu'elle ne pouvait pas connaître — jamais je ne lui avais parlé de Mascouty — découlait d'une simple coïncidence. De taille, d'accord. Mais rien de plus. Le destin vous jouait de ces tours, tout de même ! A Lyon, nul ne savait ce que j'étais devenu. J'avais disparu dans la nature sans en informer quiconque. Nul ne savait que j'avais mis le cap sur la capitale et ce n'était pas demain qu'on allait retrouver ma trace. Pour que Mascouty apprît que j'étais à Paris, il eût fallu tout de même un drôle de hasard. Néanmoins cette toile me chiffonnait bougrement. Je n'avais pas du tout envie de la garder chez moi. Rien que de penser qu'il me faudrait supporter la riante figure de Mascouty en face de moi, ça me donnait des hauts le cœur. Car bien entendu, Jeanne allait vouloir l'encadrer et, ça n'allait pas traîner, elle l'accrocherait au mur. Au moment où je commençais à oublier ce détestable passé, le voilà qui revenait frapper à ma porte.

— Tu n'aimes pas ce portrait, mon chéri ?

Allais-je lui apprendre que j'en connaissais le modèle, que cette tête me faisait peur ? Allais-je lui raconter cet épisode honteux de mon passé ? Jeanne n'ignorait pas que j'avais fait les quatre cents coups avant de la connaître, mais elle avait toujours cru qu'il s'était agi là d'innocents péchés de jeunesse sans conséquences graves. Elle ne savait pas que j'avais commis des larcins, trempé dans des trafics de drogue, que j'avais volé, fait des faux en écriture et que, surtout, j'avais dénoncé un complice à la police. Mais je n'avais pas pu faire autrement. C'était lui ou moi. Je l'avais balancé, comme on dit dans cette pourriture de milieu, et mal m'en avait pris. Mascouty avait appris la chose par un flic à la langue bien pendue et à qui ma tête ne devait pas revenir. J'avais été informé de ce que Mascouty, dès sa sortie de maison centrale, n'aurait plus qu'une chose en tête : m'abattre sans pitié. C'était un type très dangereux, qui ne pardonnait pas l'offense et, ce que je n'avais pas dit aux policiers, il avait plusieurs crimes sur la conscience.

— Où as-tu acheté ce tableau ? demandai-je à Jeanne.

— Chez un antiquaire de la rue Norvins.

La rue Norvins se trouvait à cinq cents mètres de chez nous et je me demandais, plein d'inquiétude, si Mascouty n'avait pas fait exécuter son portrait par un peintre de la Butte.

— Combien as-tu payé cela ?

— Six mille francs seulement, mon chéri. Enfin, soixante francs actuels... Mais je l'ai trouvé tellement saisissant... Tu ne trouves pas qu'on dirait Raspoutine ?

— D'habitude, tu choisis des fleurs ou des paysages, fis-je, d'un ton désabusé.

— Ce portrait nous changera un peu, ne crois-tu pas ?

Pour nous changer, ça allait nous changer. Autant faire entrer le Diable chez moi.

Je me mis à critiquer la toile à tort et à travers, avec tant de véhémence, que Jeanne me considéra avec inquiétude, comme si elle eût craint que je ne sois malade. D'habitude, j'approuvais toujours ses achats, ses petites fantaisies, ou alors je la taquinais gentiment en lui reprochant certaines emplettes que je trouvais vraiment inconsidérées, ainsi que cette pendulette Albert-Lebrun qu'elle avait voulu à tout prix mettre sur la cheminée de notre chambre à coucher et ce paravent chinois fabriqué à Belleville qui « ornait » la salle de bains !

— Tranquillise-toi, mon chéri, si tu le trouves si moche, je ne l'accrocherai pas. Je le laisserai dans le débarras.

Cela me faisait de la peine de l'avoir ainsi rabrouée. Mais ç'avait été plus fort que moi. La vue de cette toile m'était insupportable. Elle me mettait mal à mon aise, me donnait envie de vomir. Je me forçai pourtant à l'examiner plus attentivement. Pas de doute, c'était bien Mascouty. Je n'allais pas m'arrêter à une invraisemblable histoire de sosie ! Jusqu'à sa vilaine verrue sur le nez et sa dent abîmée — il souriait ! — que le peintre avait respectées.

Jeanne alla ranger la toile dans le débarras et se mit à défaire les autres paquets. Elle semblait toute triste et le fut bien davantage lorsque je lui annonçai que je n'avais vraiment pas envie de sortir ce soir.

La salle gueule de Mascouty était venue tout foutre en l'air.

Je décidai subitement de tout dire à Jeanne sans rien omettre.

— Je ne t'ai pas toujours dit la vérité, mais il me semblait préférable de me taire pour notre tranquillité à tous deux. Avant de te connaître, j'ai filé un assez mauvais coton. J'ai vécu parmi la racaille de Lyon. J'ai participé à plusieurs cambriolages. J'ai même servi de rabatteur dans des trafics de drogue. Tu vois, rien de très joli. Un jour, et ça devait arriver, j'ai été mêlé à une affaire de meurtre. Je participais, avec deux complices, au cambriolage d'une bijouterie, à Lyon. Mes deux acolytes se nommaient Julien Maréchal et Gaston Mascouty. Dans cette histoire, mon rôle était on ne peut plus secondaire. Je devais me contenter de rester dans la rue — c'était le soir, vers 9 heures — et de faire le guet. Installé au volant d'une voiture, j'avais pour mission d'actionner l'avertisseur en cas de danger. Les deux autres devaient s'introduire dans le magasin et y rafler des bijoux. Les choses tournèrent plutôt mal. Manque de chance, le bijoutier se trouvait encore dans l'arrière-boutique. Il y eut un moment de panique dû à la surprise et le commerçant fut assommé mortellement. Alerté par les cris de la victime, je démarrai, mais tombai un peu plus loin sur un barrage de la police. Ils me gardèrent. Mascouty réussit à s'enfuir sans être identifié. Quant à Maréchal il fut abattu par un agent alors qu'il esquissait un geste menaçant. Du moins, ce fut la version de la police. Maréchal fut tué sur le coup. Les flics ne purent jamais prouver que j'avais tenu le rôle de guetteur dans l'affaire. Je leur racontai n'importe quoi, mais deux voisins affirmèrent avoir vu ma voiture stationner devant la bijouterie, feux allumés et moteur tournant. Je fus interrogé et me démenai comme un beau diable. La police put établir que je fréquentais le milieu lyonnais, mais ils se montrèrent incapables de me confondre. Persuadés que j'avais été au courant de la préparation du casse, ils décidèrent de me garder à vue. Je m'estimai tiré d'affaire jusqu'au moment où, seul suspect, je tombai entre les mains d'un véritable salaud : l'inspecteur principal Beaumax, une ordure que l'on soupçonnait fort de s'adonner au chantage, en marge de ses activités normales. Il me prit en main et, au bout de quinze heures, il m'avait transformé en défroque pantelante et n'eut aucun mal à me faire avouer ma culpabilité. Il me proposa un marché : ou je dénonçais mes complices — il savait qu'un troisième larron avait pris la fuite —, ou je payais les pots cassés. Il est probable que Beaumax bluffait, mais, menacé de prison pour quinze ou vingt ans, je flanchai et dénonçai Mascouty. L'odieux Beaumax tint sa promesse et passa l'éponge sur ma modeste contribution

au cambriolage. Je fus remis en liberté. Un peu
plus tard, j'appris que Mascouty, arrêté et jugé,
avait récolté cinq ans ferme. Il avait mis le
meurtre sur le compte de Maréchal et la police
n'avait jamais pu établir avec certitude lequel
des deux hommes avait abattu le bijoutier. Mais
je suis persuadé que Mascouty est l'auteur du
meurtre. Maréchal était un homme calme, doué
de beaucoup de sang-froid, et jamais il n'aurait
commis l'erreur de verser le sang. Mascouty,
bénéficiant du doute, s'en tira donc à bon
compte. Une semaine après le procès, me trouvant toujours à Lyon, je rencontrai l'inspecteur
Beaumax. Il m'apprit, comme s'il s'était agi là
d'une bonne plaisanterie, qu'il avait donné à
Mascouty le nom de son dénonciateur. Mascouty lui avait affirmé que, dès sa sortie de
prison, il me retrouverait et m'abattrait comme
un chien. L'inspecteur Beaumax me conseilla
gentiment de quitter Lyon. Il estimait que ça
ferait un saligaud de moins dans la ville. En me
dénonçant à Mascouty, il avait agi dans un but
bien précis : me forcer à prendre mes cliques et
mes claques, expulser un voyou de plus de la
ville, une manière à lui d'assainir la cité entre
Rhône et Saône... Je suivis ses conseils sans
demander mon reste. Je filai à Valence où je te
connus. Depuis, je me suis racheté comme tu le
sais. J'ai mené une existence parfaitement honnête et j'avais presque oublié Mascouty et ces
tristes moments quand j'ai vu ce tableau. Car
figure-toi que le type qu'on a peinturluré là,
c'est Mascouty. Je reconnaîtrais sa binette parti-

culière entre mille. Voilà. Je t'ai tout dit. A
présent tu comprends pourquoi ce malheureux
achat me déplaît et me gêne. Je n'ai rien contre
l'exécution de la toile ni contre le peintre qui n'a
fait que son travail. Ce que je ne peux supporter, c'est ce visage. Evidemment, à présent, je
suis pratiquement introuvable. Autant chercher
une épingle au fond de la Seine. Paris est
immense. Une forêt gigantesque. Mais j'ai
peur...

Jeanne fut très bien. Elle me réconforta en
m'apprenant qu'elle se doutait bien un peu du
très mauvais coton que j'avais dû filer avant de
la connaître, mais, pour elle, ce passé était mort
et ne pouvait altérer en aucune façon son amour
pour moi. Une vraiment chic fille. Elle m'assura
qu'elle avait acheté le tableau tout à fait par
hasard et que, pour faire cette acquisition,
personne ne lui avait forcé la main. Elle l'avait
vu, parmi d'autres toiles, d'autres portraits, au
milieu d'un ahurissant bric-à-brac, dans la
vitrine de cet antiquaire. Une boutique tout ce
qu'il y avait de pouilleux et dont la place eût été
plutôt aux Puces.

J'allai chercher la toile et la posai sur une
table, appuyée au mur, la face sous nos yeux.

— La ressemblance est frappante, constatai-
je. Un fameux coup de pinceau. A le regarder,
j'ai l'impression que Mascouty se trouve dans
cette pièce et que, d'un instant à l'autre, il va
nous parler. Tu diras ce que tu voudras, mais...
ça me fiche la trouille. Je reconnais que j'ai agi
comme un imbécile en le livrant à la police et

que, ce jour-là, j'aurais mieux fait de me couper la langue, mais, si j'avais observé la loi du silence, ce salaud d'inspecteur, en s'ingéniant à me coller le meurtre sur le dos, aurait réussi à m'envoyer en maison centrale pour des années. Je ne t'aurais pas connue et, tout compte fait, je ne regrette pas d'avoir agi de la sorte. A l'époque, je ne pensais pas que Mascouty l'apprendrait un jour. En lui révélant que j'avais bavardé, ce vicieux de flic a voulu déclencher sa colère et son désir de vengeance. Il s'est imaginé faire d'une pierre deux coups : Mascouty en prison pour une longue durée et, à sa sortie, un règlement de comptes entraînant la mort d'une autre fripouille avec, en prime, la réincarcération de Mascouty à cause de ce crime. On ne peut s'empêcher de penser que, au fond des cloaques de la pègre, certains flics font la pluie et le beau temps... Lorsque j'appris les sombres projets de Mascouty, je me dis : « Cinq ans, ça fait tout de même un bail. Lorsqu'il sera libéré, il m'aura oublié et sera bien trop occupé à combiner de nouveaux coups pour perdre son temps à me courir après. »

— Mais voyons, mon chéri, le fait que Mascouty se soit fait faire son portrait et que j'aie acheté cette toile par le plus grand des hasards ne veut absolument pas dire que Mascouty songe à te retrouver.

Ce que venait de dire Jeanne était parfaitement juste. D'accord, Mascouty avait posé pour un barbouilleur ; d'accord, nous avions cette maudite toile chez nous, mais rien de tout cela

ne signifiait que cette crapule était à ma recherche. J'avais peur, son souvenir me flanquait la
trouille, mais c'était tout. Toutefois, une chose
me tracassait : le peintre habitait-il Paris, y
exerçait-il son art ? Si oui, Mascouty était venu à
Paris et peut-être s'y trouvait-il encore. Pour
être tout à fait tranquille, il me fallait savoir où
avait été exécutée cette toile. Jeanne me proposa de nous en débarrasser sans plus attendre
et de l'oublier. Cette solution me convint. Nous
rangeâmes le portrait et, pour nous changer un
peu les idées, nous décidâmes d'aller tout de
même voir Bourvil.

Nous dînâmes dans notre petit bistrot, mais,
tout au long du repas, je demeurai soucieux. Je
ne cessai de penser à cette maudite toile. Nous
en débarrasser, c'était bien joli, mais ça ne
supprimait pas le souvenir obsédant de Mascouty, maintenant qu'il s'était réinstallé dans
ma mémoire. Ce que je voulais savoir — et ça
me tenaillait sérieusement la cervelle — c'était si
Mascouty se trouvait ou non à Paris actuellement. La seule pensée de sa présence dans la
ville où je vivais me plongeait dans une inquiétude sans nom. D'accord, Paris est grand, et il
eût fallu un bien malheureux hasard pour que je
me trouve nez à nez avec lui, mais ce hasard-là
pouvait tout de même se produire. Apprendre
qu'il y avait plusieurs centaines de kilomètres
entre nous m'eût bougrement fait plaisir. J'aurais payé cher pour savoir Mascouty à Lyon ou à
Pampelune. Mais voilà, il se trouvait peut-être à

Paris, et cette supposition lancinante me harcelait.

Se défaire de la toile ne résoudrait pas le problème.

Je serais toujours en proie au doute.

Il me fallait — oui, c'était ce qu'il fallait faire — remonter jusqu'à l'abominable modèle, jusqu'à Mascouty lui-même, en me faisant tout petit, en m'efforçant de passer inaperçu, et ce ne serait que lorsque je *saurais* que je pourrais me remettre à dormir sur mes deux oreilles. Jusqu'alors, je le savais entre quatre murs et je n'avais pas le moindre souci à me faire. A présent que la bête fauve était en liberté, il me fallait mettre, entre elle et moi, des centaines de kilomètres, distance qui vaudrait bien une solide muraille de maison centrale. Si j'apprenais que Mascouty vivait à Paris, Jeanne et moi plierions bagage et irions dans une autre ville, assez loin, où je n'aurais aucun mal à trouver du travail. Quant à une tentative de réconciliation, un compromis quelconque, tout cela tenait de la chimère. On ne discutait pas avec une brute de l'espèce de Mascouty, véritable incarnation de la violence. Autant essayer de pactiser avec un tigre torturé par la faim. Il n'y avait pas d'illusions à se faire à ce sujet : si le truand me retrouvait, il m'abattrait sans hésitation. Pour le cas où il me raterait, j'étais sûr qu'il chercherait à m'atteindre à travers Jeanne, dès qu'il apprendrait l'existence de celle-ci et ce qu'elle représentait pour moi. Ce serait elle qui prendrait. C'était réglé comme du papier à musique.

Je regardai le beau visage de Jeanne, ses traits purs, ses admirables yeux gris ardoise, sa douce chevelure, et je songeai avec effroi aux atroces méthodes punitives de Mascouty et de ses pareils. S'il ne parvenait pas à m'atteindre, il s'attaquerait à Jeanne. Mais il ne la tuerait pas. Il ferait mieux. Il se ruerait sur sa beauté comme une hyène sur une gazelle blessée à mort. Il *s'occuperait* du visage de Jeanne : il la vitriolerait, et elle finirait sa vie avec sur les épaules un masque d'horreur digne d'un carnaval aux enfers, enlaidie à tout jamais, les traits couturés, peut-être aveugle...

Il n'y avait plus une minute à perdre.

Je devais apprendre sans tarder où vivait Mascouty.

J'étais prêt à mettre tout en œuvre pour le retrouver. Mon avenir, ma tranquillité, ma raison de vivre dépendaient de ces recherches.

J'en informai Jeanne.

Elle me conseilla de laisser tomber. Pour elle, Mascouty ne pensait peut-être plus à moi, mais s'il me trouvait par hasard sur son chemin, son serment lui reviendrait en mémoire et il me tuerait. Je rassurai Jeanne : si je retrouvais Mascouty, je ne commettrais pas la bêtise fatale d'aller me mettre sous son nez ; j'aurais soin de garder mes distances.

L'antiquaire à qui Jeanne avait acheté le tableau pourrait peut-être me donner quelques tuyaux sur le peintre et, en m'y prenant habilement, je réussirais à savoir, par l'artiste, où avait été brossée la toile. Si ce n'était pas à Paris ni

dans ses environs, je n'insisterais pas et aban-
donnerais mes recherches.

*

Je passai une très mauvaise nuit et, chose
incroyable, la présence de Jeanne tout contre
moi ne parvint pas à me faire oublier l'odieux
visage de Mascouty. Au milieu de la nuit, n'y
tenant plus, je me levai et allai regarder le
portrait. Je pris la toile et me mis à l'examiner
sous toutes ses faces. J'épluchai des yeux la
signature : Varino. Qui était ce peintre ? Etait-il
connu à Montmartre ? J'entrevis la perspective
d'un autre danger : pourquoi Mascouty s'était-il
laissé peindre ? Si mes souvenirs étaient bons, ce
n'était pas tellement son genre. Non, à coup sûr,
Mascouty n'était guère le type à poser pour un
artiste peintre. D'abord, il avait toujours la
bougeotte. Alors, rester des heures immobile, à
ne pas lever le petit doigt... Je l'imaginais
difficilement demeurant des journées entières le
derrière sur une chaise, changé en statue, ne
bronchant pas, sage comme une image sous l'œil
du peintre. Mais après tout, je ne connaissais
pas Mascouty à fond et j'étais bien obligé
d'admettre qu'il avait accepté de servir de
modèle à un artiste.
A moins qu'on l'ait peint d'après une photographie. Ça restait possible, mais ce n'était
qu'une hypothèse, et la présence d'une photo de
Mascouty dans les parages était *presque aussi*

effrayante que celle de sa réplique en chair et en
os...

Je repoussai toutefois presque complètement
l'idée d'une œuvre picturale accomplie d'après
une photographie, précisément à cause des couleurs de la toile, qui étaient comme des traces de
vie, teintes que ne rend jamais vraiment une
photo, sauf cas exceptionnels, et si j'admettais
avec quelque réticence l'idée que Mascouty ait
pu servir de modèle à un peintre, j'imaginais
beaucoup plus difficilement le truand allant
poser chez un photographe d'art.

De toute façon, pour sortir de cette inquiétude qui allait grandissant d'heure en heure,
photographie ou pas, il me fallait connaître les
circonstances dans lesquelles avait été exécuté
ce déplaisant et *mortel* portrait.

Après tout, la prison avait peut-être donné au
voyou le goût de l'immobilité.

Le peintre était-il un de ses amis ? C'était
assez improbable. Mascouty ne devait pas compter d'artistes dans ses relations. Son cousin mis à
part, mais le cousin n'était pas l'auteur du
tableau. Pourtant, si j'apprenais que le peintre
était lyonnais, je devrais me méfier.

Pourquoi Mascouty s'était-il fait faire son
portrait, s'il ne devait pas le conserver ? Je
n'étais sûr de rien. Peut-être avait-il gardé la
toile, pour la vendre un peu plus tard, se
trouvant à court d'argent ? De toute façon, il
n'avait pas dû en ramasser grand-chose, vraiment une misère. Jeanne avait payé ce barbouil-
lis six mille francs anciens. En tenant compte du

bénéfice du marchand, la toile ne devait pas lui avoir été vendue plus de quarante francs. Un marché presque ridicule. Le brocanteur l'avait même peut-être obtenue gratuitement.

La question revenait me tarabuster : pourquoi Mascouty s'était-il fait brosser son portrait ? Je pensai soudain à une chose que provoqua aussitôt une sorte de désagréable frisson sur ma nuque et je me servis un verre de cognac. Mascouty connaissait presque obligatoirement le rapin. On ne pose pas pour un artiste sans connaître au moins son nom, ses habitudes, et l'endroit où il vit. Il ne s'agissait pas ici d'un travail de gribouilleur fait à la va-vite sur la place du Tertre, mais d'une œuvre accomplie, qui avait à coup sûr demandé à l'artiste plusieurs journées de labeur.

Sans être pour cela un ami du peintre, Mascouty pouvait connaître son adresse. Mais rien ne prouvait que le truand avait acheté la toile. Le peintre pouvait lui en avoir fait cadeau. Mascouty s'était sans doute contenté de poser pour le nommé Varino qui avait pu se montrer intéressé par son visage. De pareilles physionomies ne courent pas les rues. Cette dernière hypothèse me sembla la plus vraisemblable. Mascouty n'était pas le genre d'homme à se faire faire son portrait et à acheter celui-ci. Peut-être s'était-il fait payer, pour poser, comme le font les modèles professionnels ? Mais quelque chose me turlupinait : Mascouty, par simple curiosité, pouvait chercher à revoir le portraitiste et à s'informer de ce qu'il était advenu de la toile.

L'artiste avait-il conservé son œuvre, l'avait-il vendue ? Et, dans ce dernier cas, à qui ? Qui me disait que Mascouty n'allait pas chercher à savoir en quels lieux avait échoué son portrait, qu'il n'allait pas s'inquiéter de savoir qui avait pu être séduit par ses traits pourtant ignobles ? Là était le véritable danger. Mascouty allait peut-être chercher à remonter jusqu'à l'acquéreur du tableau. Un comportement assez compréhensible. Supposons qu'il s'agisse de moi. Demain, un peintre pas du tout maladroit de son poignet et de son coup d'œil va brosser mon portrait. Il va conserver la toile et, un beau jour, m'apprendre qu'il a réussi à la vendre. Ne vais-je pas essayer de savoir qui est cet acheteur, à quel milieu il appartient ? Simple curiosité. Bien sûr, Mascouty était plutôt en dehors de ce genre de préoccupations. Il avait dû poser pour un peu d'argent et il devait se moquer éperdument de la suite. Son portrait pouvait bien finir au musée des horreurs ou dans les toilettes de la gare Saint-Lazare, ça ne pouvait que le laisser froid.

Mais sait-on jamais ? Mascouty pouvait très bien avoir sa petite vanité. Et, dans cette hypothèse, je devais prendre mes précautions.

*

Je mourais de soif, à force de me triturer les méninges. Je débouchai une bouteille de Pelforth brune et bus à même le goulot. J'allumai une cigarette. J'hésitai entre deux actions. Me débarrasser sans tarder du tableau ou chercher à

savoir, en le prenant comme point de départ, où
se trouvait Mascouty. Au pire, Mascouty pouvait me tomber dessus. Il était certainement
armé. Ce genre d'individu se priverait plus
volontiers de souliers que de pistolet. Et ce ne
serait pas avec mes poings de mécanicien dentiste que je pourrais venir à bout d'une pareille
brute. Avertir la police ? Ce palliatif me répu-
gnait au plus haut point. Je n'avais pas la
moindre envie de retourner chez les flics et de
leur remettre en mémoire ma petite saloperie de
Lyon. Depuis que j'étais avec Jeanne, je me
tenais tranquille et il y avait de fortes chances
pour que ces messieurs qui, entre 64 et 69
avaient eu bien d'autres chats à fouetter avec la
vague des hold-up et l'apparition de l'héroïne
sur une grande échelle, m'aient oublié. Il ne
s'agissait pas d'aller se remettre stupidement
dans leurs griffes. Je devais m'estimer heureux
de ce que l'inspecteur principal Beaumax n'ait
pas cherché à me garder en réserve pour lui
servir d'indicateur. J'en connaissais qui en
avaient fait beaucoup moins que moi et qui, en
échange d'un passage d'éponge, avaient été
contraints de se transformer en mouchards per-
manents.

Je restai là, dans un fauteuil du séjour, face au
tableau, à réfléchir durant deux heures
d'horloge. En fin de compte, j'adoptai la solution qui me sembla la meilleure : connaître
l'endroit où résidait Mascouty afin de pouvoir
prendre mes distances à temps si cela s'avérait
nécessaire. Mais je devais faire vite. Malgré mes

doutes à ce sujet, Mascouty pouvait tout de même rechercher l'acquéreur du tableau et quelles ne seraient pas sa surprise et sa joie féroce quand il apprendrait que c'était moi.

Subitement, je me rendis compte que je n'avais même pas posé de questions à Jeanne, au sujet de l'achat de la toile. Elle avait forcément échangé quelques paroles avec le brocanteur. Peut-être celui-ci lui avait-il dit quelque chose susceptible de me mettre sur une piste ?

Au matin, je questionnai Jeanne. Elle m'apprit — il était temps — que le marchand lui avait dit avoir acheté la toile au peintre en début de journée. Je lui demandai si elle était certaine de ces paroles. Elle me répondit affirmativement. Le brocanteur avait bien dit : « Le peintre m'a justement vendu cette toile ce matin. » La personne qui avait vendu le portrait au boutiquier était donc bien l'artiste et non un quidam ayant déjà acheté la toile ailleurs et désirant s'en débarrasser, ce qui restreignait considérablement le champ de mes recherches. La source était toute proche. Je demandai à Jeanne si le marchand lui avait parlé du peintre. Il ne lui en avait pas parlé. Jeanne s'était contentée de payer et le commerçant avait emballé la toile.

— As-tu donné ton nom et ton adresse, par hasard ?

Ordinairement, ce genre de choses ne se fait pas. On entre dans un de ces magasins crasseux, on achète un bibelot quelconque et on s'en va. Il est plutôt rare qu'un commerçant — si on le paie en espèces — (et Jeanne avait payé en espèces)

— s'informe de l'identité et de l'adresse de son client. Pourtant, la réponse que me donna Jeanne me donna une suée glacée :

— C'est que... oui. Il m'a demandé qui j'étais. Oh ! très poliment, très gentiment, en s'excusant... Il était très aimable. Il m'expliqua que le peintre lui avait demandé de bien vouloir noter le nom et l'adresse de l'acheteur — dans la mesure du possible — car il tenait à savoir où échouaient ses toiles et consignait tous ces renseignements dans un carnet. Il espérait pouvoir un jour organiser une exposition et prenait ses précautions pour, le cas échéant, savoir où retrouver ses tableaux afin de les emprunter. Certains peintres agissaient ainsi.

C'était vraiment la plus belle bourde que Jeanne ait pu faire. Mais la pauvre ne pouvait pas savoir. Ça n'allait pas traîner. Le peintre allait s'informer de l'identité de l'amateur de son œuvre — si ce n'était déjà fait ! — et la noter dans son carnet. Il suffisait qu'il rencontre son modèle et que celui-ci lui demande où avait atterri son portrait pour que... Mais quel nom Jeanne avait-elle exactement donné ? Elle me dit qu'elle avait laissé son nom — le sien — et je respirai : nous n'étions pas mariés. Je m'appelle Desgrenets. Elle, c'est Jeanne Fabiel. Dieu merci — ouf ! — nous n'étions pas mari et femme. Le patronyme de Jeanne ne dirait rien à Mascouty s'il venait à s'informer.

— Mais quelle adresse as-tu donnée ?

— La nôtre, pardi...

— La nôtre, bien sûr. Ni le nom ni l'adresse

ne diraient quelque chose à mon ennemi. Mais
s'il s'amenait chez l'acheteuse, chez Jeanne —
chez nous — pour y voir une dernière fois son
portrait ? Je frémis à cette idée. Le fait était
possible. Désœuvré, traînant dans les rues de
Montmartre, l'ignoble personnage pouvait avoir
la fantaisie de venir sonner à notre porte et, son
chapeau retiré, tordant la gueule dans un affreux
sourire, demander à Jeanne la permission d'admirer une ultime fois son abominable rictus de
rat méchant.

Il y avait mieux.

Si Mascouty n'était pas curieux, il pouvait être
amené à se présenter chez nous pour une tout
autre raison. Ayant empoché un peu d'argent, il
pouvait être désireux d'acheter la toile. Son
portrait, voyons ! Et si fignolé ! L'envie d'accro-
cher sa bobine chez lui pouvait très bien le
prendre. Il pense au portrait (exécuté tout
récemment, puisque le peintre l'a vendu hier
matin et qu'il y a *1969,* l'année en cours, à côté
de la signature — et ce genre de rapin inconnu
ne doit pas lambiner avant de chercher à four-
guer une croûte), il le revoit avec attendrissement. Il n'a pas pu l'acheter au peintre, mais à
présent il a un peu d'argent. Il cherche l'artiste.
Il connaît son adresse, pardi, puisqu'il a posé,
durant des heures, dans son atelier. Il accoste le
barbouilleur, lui demande où est passée sa
délicate bobine. Le peintre lui apprend qu'il
vient de la vendre. A qui ? Au brocanteur Untel,
rue Norvins. Mascouty se rend chez le marchand. Dans le magasin, il cherche la toile qui

l'intéresse. La conversation s'engage : « Une toile, oui, qui me représente. Le peintre Varino vous l'a vendue tout dernièrement. » « Ah oui, je vois. » Le brocanteur se souvient très bien (mais peut-être le peintre a-t-il déjà noté ton nom et ton adresse et les a-t-il communiqués directement à Mascouty ?). Enfin, en possession de ces renseignements, Mascouty se présente ici, chez nous, demande à voir le chef-d'œuvre...

— Mais il ne me connaît pas ! lança Jeanne dans un cri qui me fit mal et qui me montra qu'elle partageait mon angoisse.

— D'accord, il ne te connaît pas. Mais devrai-je me terrer au fond de l'appartement à chaque coup de sonnette ? Ce ne sera plus une vie... Et si Mascouty s'amène juste au moment où je sors ? Me vois-tu me trouver nez à nez avec lui dans l'escalier ? Imagines-tu la suite ?

— Il n'achètera pas cette toile. Il doit s'en moquer complètement. Il a dû poser pour un peu d'argent, voilà tout. Son visage intéressait le peintre, sans plus.

— C'est très probable. Mais pas certain. Il faut penser à tout. Je ne peux pas vivre ainsi, Jeanne, sans savoir. Il faut que je crève l'abcès. Pour prévenir ce danger : Mascouty frappant à notre porte, je vais aller voir le peintre et lui faire promettre — je lui servirai une histoire quelconque — au besoin je lui donnerai un peu d'argent — de ne révéler à personne le nom de l'acheteur... Je peux même lui rendre sa toile, tiens !

— Tu vas lui mettre la puce à l'oreille... Si

c'est un type malhonnête, il pourra être tenté
de...

— De me faire chanter ? Tu noircis tout, ma
chérie. Je ne lui raconterais pas la vérité. Pas si
bête. Je lui dirai seulement... Je ne sais pas,
moi... Tiens ! que j'ai trouvé la toile tellement
affreuse... que je l'ai lacérée et jetée aux ordures. Le peintre sera vexé, mais un peu d'argent
effacera son dépit. Et, pour éviter d'offusquer le
modèle, je lui demande de s'arranger pour que
celui-ci, si la fantaisie lui en prend, ne vienne pas
chez moi demander à revoir son portrait. Voilà.
Ça marchera. N'importe quelle histoire marche
si elle est assez bien présentée. Avec un ou deux
gros billets dans la main, ce rapin acceptera. De
plus, je pourrai peut-être lui soutirer quelques
renseignements au sujet de son modèle, sans
avoir l'air d'y toucher... Sois tranquille, Jeanne.
Tout ira très bien.

— Comme tu voudras, Pierre.

— Je vais d'abord aller voir ce brocanteur...

*

A onze heures, j'entrai chez le brocanteur.
Un petit type à binocles, qui sentait l'huile de
ricin, vint au-devant de moi. Je lui expliquai que
j'étais le mari de la personne qui avait acheté la
toile représentant Mascouty.

— Ah oui... La toile de Varino ?

— C'est cela.

— Qu'y a-t-il pour votre service, monsieur ?
Il m'examinait de la tête aux pieds, l'air un

peu ennuyé. Je lui dis que je désirais savoir si le peintre était venu lui demander le nom de l'acheteur.

— Mais certainement. Varino est passé il y a juste une heure. Quand je lui ai appris que le portrait avait été acheté hier par une charmante jeune dame, il s'est montré agréablement surpris... Je lui ai donné, comme convenu, le nom et l'adresse de cette sympathique cliente.,. Varino aime bien savoir dans quels endroits vont reposer ses œuvres... Une petite manie. Je n'aurais pas dû ?

Incontestablement, le brocanteur se rendait compte que j'avais l'air contrarié. Il se mit à frotter l'une contre l'autre ses mains qu'il avait grises de crasse :

— Vous comprenez, monsieur... Varino y tient beaucoup... Oh ! un brave type ! Pensez donc... et du talent dans la main ! Et dans l'œil ! Ça oui, du talent ! Et il était si fier d'apprendre que quelqu'un s'était intéressé à sa toile ! Il aime savoir dans quelles mains s'en vont ses œuvres... Une curiosité un peu sentimentale, si vous voulez. Bien compréhensible, à mon avis. Et puis, si un jour, l'occasion d'organiser une exposition se présentait à lui ? Hein ? Que voulez-vous, il n'a pas les moyens de conserver ses toiles, le pauvre garçon... Une exposition ! Leur rêve, à tous ! Oh ! il n'y croit pas beaucoup, mais il n'est jamais inutile de prendre ses précautions et de...

Ce vieux m'énervait. Mais rien n'était perdu. Il me restait à rencontrer ce Varino sans tarder, à acheter son silence, à le prier d'oublier et le nom et l'adresse de Jeanne.

Je demandai au marchand où je pouvais toucher Varino. Par chance, il habitait à deux pas de là, rue Gabrielle. Au 4. Je me rendis sans perdre de temps à l'adresse indiquée et demandai l'étage à la concierge. Elle me fit un gros sourire concupiscent et m'expliqua que M. Varino, qui vivait dans un petit studio sous les toits, était en ce moment... avec une dame. Il était préférable de ne pas le déranger. Mais il avait le téléphone... si je désirais l'appeler... Elle me donna son numéro. Je la remerciai et filai au bistrot d'en face. Je commandai un café, demandai un jeton et me rendis dans la cabine téléphonique. Je composai le numéro et j'eus le peintre immédiatement. Je m'excusai de le déranger — mais je n'étais pas censé savoir qu'il était avec sa petite amie — et lui expliquai que c'était urgent. Je lui dis que j'étais l'ami de la jeune femme qui avait fait l'achat de la toile rue Norvins et que je désirais l'entretenir au plus tôt de son tableau. Il ne le regretterait pas et... je lui donnerais quelque chose pour le dédommager de son dérangement. Il n'eut pas l'air de se faire prier et me répondit qu'il descendait au bistrot séance tenante. J'allais raccrocher quand il me demanda si sa toile me plaisait. Je lui avouai sans ambages que je n'avais guère été enchanté de l'achat fait par mon amie. Il s'étonna et, au son de sa voix, je me rendis compte que je l'avais peiné.

— Vous désirez peut-être me la revendre?

— Euh... ce n'est pas tout à fait cela. Je vous expliquerai ça ici, si vous le voulez bien.

— Vous savez... je n'ai pas encore trouvé ma manière... Je suis encore un peu gauche... Je me défends beaucoup mieux dans la nature morte... Si vous voulez voir quelques pochades... Vous savez, je suis tout jeune dans le métier... A propos, à qui, ai-je l'honneur ?

— Pierre Desgrenets. Mécanicien dentiste.

— Pierre Desgrenets. Ah bien. A propos...

— Oui ?

— Ma toile...

— Eh bien ?

— Il s'agit d'un autoportrait.

Adieu, ma beauté !

Fortune faite dans la sauce tomate en boîte, en tube et en sachet, le vieux Mapelli se retira dans une grande maison de style gothique au bord du Léman, à la lisière de Montreux. Il était devenu triste comme un poisson mort, aussi misanthrope qu'une taupe, et on eût presque dit que ses millions le faisaient gerber. La cause principale de cette neurasthénie c'était son veuvage. Sa femme s'était tuée en voiture quelques mois plus tôt. Et vous savez qui il avait pris pour lui tenir compagnie, un peu comme confident ? Edgar Hams, le chef des huissiers du siège de sa société commerciale, à Paris, avenue Pierre-Ier-de-Serbie. Hams ne sucrait pas encore les fraises : 53 balais. Ancien de Corée, d'Indo, il s'était recyclé dans le gardiennage stylé. Il avait même servi de chauffeur au singe. Sans être devenus copains, le P.-D.G. et le larbin s'étaient vite sentis comme des atomes crochus, si bien que le jour de son départ à la retraite, Mapelli avait proposé à Edgar Hams de venir vivre près de lui dans le petit château de Montreux.

— Vous me servirez d'homme à tout faire, mon bon Edgar... Gardien, chauffeur... et même secrétaire... Pourquoi pas ? J'ai constaté que vous n'étiez pas du tout empoté avec un stylo en main...

— Ni avec un bon fusil, président Mapelli, avait souri le baroudeur rangé.

Bref, Hams vivait chez Mapelli, à Montreux. Une bonne place, mais les confidences que le vieux faisait à tout bout de champ à son cire-pompes avaient fini par fatiguer ce dernier. Une qui dans le bla-bla revenait souvent sur le tapis, c'était Jane Mapelli, la seconde fille du magnat retiré, 19 ans. Hams ne l'avait jamais vue, cette jolie môme que son papa avait l'air d'adorer — et il fallait comprendre le vieux : Mapelli avait eu des années et des années plus tôt une première fille qui, encore tout bébé, avait été kidnappée et assassinée. A l'époque — c'était en 48 — on en avait beaucoup parlé dans les canards. Mapelli était alors déjà connu dans le monde de l'alimentation de masse, c'était au moment où il venait de lancer sur le marché sa fameuse sauce tomate aux petits bouts de bidoche : porc et veau, un ingrédient qui avait fait fureur chez tout ce qui aime se goinfrer de macaroni ou de spaghetti. Mapelli avait raqué le gros paquet de fric, pour rien. On avait retrouvé le bébé mort une semaine plus tard dans une décharge publique de la banlieue lyonnaise. Fallait donc pas rigoler quand on voyait Mapelli chérir sa seconde fille. Personne, non personne ne savait dans quelle institution pour jeunes filles de la haute elle se trouvait. C'était aux U.S.A., mais Hams n'avait pas insisté pour en savoir plus. Il s'était contenté de regarder les portraits de la jeune fille que le vieux avait disposés un peu partout, dans la maison de Montreux. Un beau brin de fille, ça c'était sûr.

— Vous comprenez, Edgar, je préfère la savoir là-bas... Elle est en sécurité... Dans un ou deux ans, elle rentrera en France pour vivre ici, près de moi...

*

Et le grand moment arriva. Un matin de juin, Russo, un flic privé très comme il faut se présenta aux Glycines (c'était le nom de la maison Mapelli) pour annoncer que Jane Mapelli, sur le point de quitter son école chic des U.S.A., allait réintégrer le domicile paternel. Sous bonne escorte. Pas celle dont on gratifie un chef d'Etat mais presque. Eh oui, le vieux avait toujours la trouille des kidnappers ; le traumatisme tenace, quoi, on peut comprendre.

— Votre fille sera ici lundi prochain, président, annonça le privé chargé de superviser le transfert de la fillette.

Edgar Hams assista à l'entretien.

Eh bien, la fille — une beauté à vous rendre idiot d'envie, yeux ronds, langue pendante et bavotante — arriva et s'installa dans la maison. Le portrait craché des photographies, pas d'erreur. Et gentille comme tout, ce qui ne gâtait rien.

Le reporter d'un grand magazine pour concierges et majorettes se présenta même aux Glycines pour photographier miss Mapelli. Le gratin mais aussi le petit populo, toujours friand de ces choses du grand monde, avaient le droit de savoir que la fille du roi de la sauce tomate était désormais en Suisse, dans sa famille. Des ragots avaient couru sur ses possibles fiançailles avec le fils d'un descendant des Habsbourg, c'était la raison pour laquelle des photographes de magazine s'intéressaient d'un peu près à la môme.

La fille, elle aimait bien son père, mais étant restée si longtemps loin de lui, faut comprendre, elle éprouvait de la difficulté à être vraiment à l'aise à ses côtés. Edgar Hams remarqua tout de suite la chose.

Un matin de septembre, Mapelli annonça qu'il devait se rendre au Japon. Il s'était retiré des affaires, d'accord, mais faut pas croire que sa sauce tomate ne rougissait plus les nouilles d'un bon nombre de prolos de la planète. Il supervisait encore son fromage et il n'avait pas tort car un patron absent peut vite être plumé par ses chefaillons, l'honnêteté aujourd'hui se raréfie encore plus vite que le pétrole. Il devait donc se rendre à Tokyo, affaires urgentes.

— Je vous laisse la maison, Edgar. Surtout, ayez l'œil sur ma fille... Vous comprenez mon inquiétude...

— Bien sûr, président. Soyez tranquille.

Le vieux à peine parti, le Hams — ce type-là était un saligaud de première qui ne rêvait que

fric et gros confort bourgeois — et s'il s'était
incrusté chez le père Mapelli c'était tout simplement parce qu'il avait une idée derrière la tête :
gruger son bienfaiteur et lui pomper un gros tas
de pognon à la première occasion —, le Hams
jugea que le grand moment pour agir était enfin
arrivé. Il allait frapper un coup comaque. Son
petit plan était prêt depuis un bon bout de
temps.

Ce plan, Hams ne l'avait pas concocté tout
seul. Il avait été beaucoup aidé par Ida, sa
maîtresse, une ancienne chanteuse qui vivait à
Genève et attendait le filon doré pour se retirer
avec son Jules là où y a pas de promiscuité.

Un truc intéressant pour Hams et sa poule : le
vieux Mapelli était cardiaque et condamné à
brève échéance par les toubibs. Il allait donc
disparaître sous peu et tout son blé se mettrait à
pousser en chantant dans les poches de sa fille.

Hams et sa poufiasse voulaient donc agir
avant ce fâcheux événement.

Le plan des amants avides était le suivant : la
Jane serait liquidée puis on ferait disparaître son
corps. Ida n'avait que quelques années de plus
que Jane, la même silhouette. Jeff Vaucansson,
un chirurgien marron de talent au service de la
pègre, s'occuperait de la mère Ida, et avec ses
petits scalpels de génie il fabriquerait à la fille un
nouveau portrait : celui de Jane Mapelli. Ida
prendrait donc la place de Jane, deviendrait
Jane. Ça devrait marcher étant donné que la
môme Jane était pratiquement inconnue de
presque tout l'entourage du milliardaire. Une

fois sa nouvelle bobine sur les épaules, Ida, pour parfaire la substitution, simulerait un accident de voiture, histoire de justifier les cicatrices qui marqueraient son visage — cicatrices inévitables, le docteur Jeff n'étant quand même pas Dieu le père.

Ils avaient le temps d'agir car Mapelli devait rester deux mois chez les Jaunes — après le Japon, il avait une virée à faire en Asie du Sud-Est, sans compter un arrêt important en Chine où les cadres de la nation s'intéressaient à la sauce Mapelli, rien d'étonnant ni d'invraisemblable après leur subite soif de Coca-Cola.

On envoya la môme Jane dans les vapes, sans problème. Nuque fracassée avec une brique. Hams s'était chargé de la besogne. Le cadavre de la fille fut jeté de nuit dans le lac, cousu dans un sac marin bourré de caillasse. Adieu ma jolie, comme disait l'autre.

Quant au visage d'Ida, eh bien, le toubib Jeff s'en était occupé. Seulement y avait eu comme un hic, la main du chirurgien de génie avait comme qui dirait tremblé, biscotte l'alcool dont notre charcuteur ne pouvait plus se passer. Et ce fut une Ida pratiquement défigurée — une face horrible de grande brûlée — que Hams retrouva dans la « salle de chirurgie » du toubib marron. Imaginez la colère du gars Hams! Quant à Ida, ma foi, elle était comme folle. Un gâchis pareil chez une fille si belle, mettez-vous à leur place. Quelle bande de zigotos! Hams fut à deux doigts de flinguer Jeff. Et — cramponnez-vous à la table —, eh bien, ce fut miss Jérôme Bosch elle-même qui, malgré sa pauvre petite gueule en lambeaux, mit les deux hommes d'accord et les pria de recouvrer leur calme.

— Rien n'est perdu, dit-elle, avec un léger défaut de prononciation vu que ses lèvres et ses zygomatiques avaient été abîmés par le scalpel de l'ivrogne.

Le fric, voyons ! Le fric ! Même avec la gueule en peau de saucisson on y pensait toujours, on mouillait toujours pour. Une gueule cassée, d'accord, mais du pèze plein les poches, ce serait tout de même préférable à une sale tirelire avec fins de mois angoissantes.

— On va arranger tout ça, annonça Ida. Passons tout de suite à l'accident de bagnole. Jane aura été défigurée, voilà tout...

Elle perdait pas le nord, la mère Ida. Du coup, Hams et Jeff se rabibochèrent aussi sec.

— Je m'occupe de l'accident, offrit le bon docteur Jeff.

Dame, l'animal avait une connerie à se faire pardonner, donc il se proposait bravement.

— Mais travaille à jeun, cette fois, fais pas le con ! jeta Hams.

Dans son sac des faux papiers au nom de Jane Mapelli, Ida se mit au volant de la petite Fiat de la jeune morte.

Hams alla attendre dans la maison au bord du lac où, pour combattre son trac, il fit une partie d'échecs sur Chess Challenger, se faisant piquer sa dame au septième coup.

Vers une heure du matin, sonnerie brise-nerfs. Il décrocha le big. C'était Jeff. Et quelle voix ! Une voix tremblante, minable... à vous foutre dans une colère saignante...

— Ça... ça a foiré, annonça le toubib d'une voix toute bête de môme qui a cassé un objet de prix auquel tenaient ses parents.

— Mais parle, bougre de fumier ! hurla Hams.

— Je sais pas ce qui s'est passé... la bagnole a dérapé et... Je la suivais à trente mètres... L'accident a été *réel*. La caisse a cramé totalement. Ida est dans le coma. Le visage brûlé... je dirais pas à cent pour cent mais...

— Où est-elle ? aboya Hams.

— Hôpital de Neuchâtel, je...

Bref, la mère Ida y laissa tout : sa peau, celle de son visage mais aussi celle de tout le reste, ses os, sa vie quoi, et ses soucis d'argent.

Hams et Jeff restèrent comme deux cons, de vrais veufs à voir leur tronche !

Et puis le père Mapelli rentra à Montreux. Un peu plus tôt que prévu.

— Mais où est donc ma fille ? demanda-t-il au bout d'une demi-journée, la môme ne montrant pas et pour cause sa jolie frimousse.

— Euh... je ne sais pas, président, bredouilla Hams. Elle m'a bien parlé d'un petit voyage du côté de Neuchâtel, mais...

— Et vous l'avez laissée partir seule ? tonna le vioc, pas content du tout.

Le Hams se prit presque la langue dans les dents à force d'explications vasouillardes.

— Bon, ça ne fait rien, coupa Mapelli.

Aucune importance. Je n'ai plus besoin de ses services.

— Pardon ? Des services de qui ? s'étonna le criminel.

— Oui, cette fille... Jane n'est pas ma fille. En réalité elle se prénomme Lucie. J'ai engagé cette jeune femme, par l'intermédiaire de Russo, mon détective. Comme doublure, comprenez-vous. Pendant quelques mois elle devait jouer le rôle de ma fille et vivre ici... Oui, une idée trouvée par ce brave Russo. Histoire de déjouer les éventuels plans des kidnappers en puissance... Oh ! Russo était bien renseigné ! Des malfrats, ayant appris que ma fille allait vivre désormais ici, chez moi, se sont mis à surveiller les Glycines... Russo l'a très vite remarqué. C'est pour ça qu'il a eu l'idée d'une doublure. Jane devait quitter les Etats-Unis début juin. Russo s'est occupé de tout. Jane est bien partie de l'école américaine début juin mais elle est entrée discrètement dans un autre établissement... Vous comprenez, les gangsters devaient croire que la jeune personne qui viendrait en Suisse début juin était bien ma fille. Russo a fort bien manœuvré. Je vous dois des excuses, mon bon Edgar, mais Russo a insisté pour que vous restiez en dehors de cette affaire... Que voulez-vous, il ne connaît pas votre discrétion... Il faut lui pardonner... A présent, je suis tranquille. Les voyous, s'imaginant que ma fille est ici depuis quatre mois, ne risquent plus de faire guetter ma véritable enfant, là-bas, en Amérique, par des amis à

eux... Ma Jane peut rentrer en Europe en toute
tranquillité. Mais j'ai tort de parler au passé... Je
vous réservais d'ailleurs une surprise, mon cher
Edgar. Jane est ici. Depuis une heure. Jane,
entre ma chérie !... que je te présente à notre
brave Edgar...

Et la vraie Jane Mapelli entra dans le salon.
Vingt ans, assez plaisante mais beaucoup moins
jolie que la fausse Jane. Et, bien sûr, un tout
autre visage que Lucie.

Mapelli entreprit de retirer tous les faux
portraits de Jane qui se trouvaient dans la
maison, çà et là, mis en évidence — sur les
conseils de ce diable de Russo — pour donner le
change. Le milliardaire fit disparaître un à un
chaque portrait de Lucie. Puis il mit à leur place
d'autres photographies : Jane à cinq ans, Jane à
douze ans, Jane à vingt ans... avec son ours en
peluche, en maillot de bain, au tennis... Jane,
toujours Jane, la vraie Jane Mapelli...

— Mais tout ça ne me dit pas où est passée
cette sympathique Lucie, dit Mapelli. Il faut
tout de même que je la voie. Je lui dois ses
gages...

— Et si des gangsters l'avaient prise pour
votre fille et enlevée ? demanda le flic Russo qui
venait d'entrer, souriant.

— Ce serait moche, grimaça le milliardaire.
Mais tout de même, mon bon Russo, si c'était le
cas je devrais presque vous en féliciter et...

La sonnerie du téléphone l'interrompit. Russo
décrocha lui-même l'appareil, d'autorité. Il

écouta trois secondes puis dit à son employeur :

— C'est l'hôpital de Neuchâtel... à propos d'un accident de la route... Il paraît que...
etc... etc...

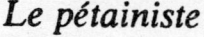

Le pétainiste

— Mais qui c'est ce vieux type que j'ai vu à la promenade, l'autre jour ? En tenue verdâtre...

— En uniforme de gardien de square ?

— Oui. Que fait-il à Fresnes ?

— Il n'était pas logé loin de vous. Dans la cellule 218, tout de suite après celle de Luchaire.

— Il a été jugé ?

— C'est fait. Le tribunal militaire l'a condamné à la même peine que vous, et il attendait d'être fusillé.

— Il n'avait pas l'air de s'en faire...

— A ces âges-là, vous savez... Et puis il n'a jamais bien compris pourquoi on l'a condamné. Il était presque aveugle et son ouïe laissait plutôt à désirer... Devant ses juges, il somnolait.

— Ils sont venus le chercher ?

— Ma foi oui. Hier.

— Ils l'ont conduit au fort de Châtillon ?

— Non... Attendez... Commençons par le commencement. Je vais vous raconter son histoire, ça vous fera passer un moment. Je trouve qu'elle n'est pas banale, son histoire. Il est vrai

que pendant les guerres il se passe de ces
choses... D'abord, le nom du vieux. Il s'appelle
Octave Cotrelles. Classe 92. Ça veut dire qu'il a
aujourd'hui soixante-treize ans. Ce vieux-là, sa
famille ne pouvait plus le tenir. Surtout à partir
de 39. C'était un ancien adjudant de carrière et il
avait fait toute la Grande Guerre sur la Marne,
aux Eparges et à Verdun — aux places d'honneur, quoi ! — comme sous-officier au 397e d'Infanterie. Il s'était tapé l'Argonne, la butte de
Tahure, Berry-au-Bac, Verdun, sans récolter une
blessure, pas une égratignure. Et d'être revenu
vivant et bon pied bon œil de l'enfer, il disait
qu'il le devait au maréchal Pétain. Si vous l'aviez
entendu parler de Pétain ! Il en avait presque les
larmes aux yeux. Lui, vraiment, il l'aimait. Ça !
il le vénérait, et il se serait sûrement fait hacher
pour lui. Si quelqu'un disait du mal de Pétain
devant lui, attention, le vieux se fâchait tout
rouge et il pouvait devenir mauvais. Les histoires avec sa famille ont commencé en septembre 39, avec la guerre. Cotrelles avait quitté
l'armée en 22, après presque trente ans de
carrière, il avait rempilé et rempilé, il avait fait
plus que le temps réglementaire, je ne sais pas
comment il s'était débrouillé, il y en a qui ne
peuvent pas sortir des jupes de leur mère, eh
bien, lui c'était de l'uniforme qu'il ne pouvait pas
se décoller. En 19, il était parti pour l'Indochine,
muté dans un régiment de zouaves pour y finir
son temps. Ses hommes l'aimaient, ce n'était pas
du tout la mauvaise bête, un peu soupe au lait,
mais pas plus. Et le cœur sur la main. Pétain,

c'était son idole, je vous dis. On racontait que, lors d'une attaque au Mort-Homme, en 16, où les trois quarts de sa compagnie avaient été massacrés, Cotrelles, ce jour-là, exceptionnellement, avait été mis à la disposition du général Pétain pour commander dix hommes qui transféreraient les archives du chef de la IIe Armée, du château de Chantilly à son Q.G. de la mairie de Souilly, devant Verdun. A son avis, c'était grâce à cette mission qu'il avait échappé à la boucherie du Mort-Homme. Pétain, quoi, c'était son sauveur, si vous voulez. Et puis il y avait tout ce qui était arrivé à la troupe, après, grâce à Pétain... Je parle des bonnes choses, bien entendu... Les économies en hommes... La façon de commander, plus humaine... Les relèves, plus fréquentes... Les permes... Enfin, je n'ai rien à vous apprendre sur le Pétain de 14-18. Bref, en 22 voilà notre Cotrelles qui quitte l'armée, avec une retraite d'adjudant-chef. Il avait cinquante ans tout rond. A Paris, le maire du 17e — son arrondissement — lui trouve un emploi de gardien de square et le voilà, avec un nouvel uniforme, à se morfondre au milieu des gosses et des nounous au square des Batignolles. Pour lui, c'était dur, surtout après ses campagnes de France et sa présence en Extrême-Orient ! Il copinait avec deux ou trois anciens combattants et c'était des récits et des souvenirs de la Grande Guerre à n'en plus finir avec, chez Cotrelles, comme héros numéro un : Pétain, qui revenait toujours, en première ligne, si j'ose dire. Il est même presque certain qu'il devait en

rajouter. On n'a jamais su si le soleil d'Indochine avait tapé un peu trop fort sur la tête du
gars, mais voilà que fin 22 quand, redevenu civil,
il débarque à Paris, il annonce à sa famille qu'il
est en possession d'un trésor inestimable, un
magot dont il préfère ne pas parler autour de lui,
en dehors de la parenté, tellement ça ferait de
jaloux, et des jaloux, moins on en a autour de
soi mieux ça vaut tant sont nuisibles ces bestio-
les-là. Mais ce magot, il annonce aux siens qu'ils
ne l'auront qu'à sa mort. Au début, dans la
famille, on hoche un peu la tête, et vous voyez
sûrement de quelle façon, puis peu à peu on
prend la chose au sérieux car le vieux n'avait pas
l'habitude de remuer la langue pour tourner des
sornettes. En plus, il n'avait pas un sou d'imagination. Le magot, il était caché quelque part et il
était inutile d'essayer de le trouver, toute cette
gymnastique ne servirait à rien.

Cotrelles ne s'était pas marié. Il vivait avec sa
nièce Henriette, restée fille, et son neveu
Lucien, l'alliance au doigt en 26 et père de deux
gamins. L'adjudant avait un peu d'économies —
rien à voir avec le magot — et en 27 il achète un
bistrot rue Lamandé, une petite voie qui donne
dans la rue Legendre, aux Batignolles. La journée, il préférait la passer au square, surtout qu'il
y rencontrait des camarades du front, des éclo-
pés, des gars de quarante, cinquante ans, à la
retraite forcée. La nièce, le neveu et sa femme
s'occupaient du bistrot. Un café qui ne marchait
pas trop mal, surtout avec des habitués. Mais
passons les années trente car ça ne commence

vraiment qu'en 40. Sa première crise cardiaque, Cotrelles l'a eue au printemps 40, en apprenant que le commandement suprême de l'armée française était confié à Weygand et non à Pétain. L'émotion et la colère, vous comprenez.

— Avec Weygand, c'est foutu ! qu'il a clamé dans son bistrot, tout retourné, derrière son zinc. Si on n'appelle pas Pétain, les Boches seront ici le 14 juillet.

Il ne se trompait pas beaucoup, puisque les Fritz sont arrivés à Paris en juin.

Fallait l'entendre brailler en servant ses pernods, ses byrrhs et ses mazagrans :

— Si on avait appelé Pétain en août 14, les Boches étaient écrasés avant le printemps 15 et le Kaiser amené à Paris dans une cage de fer par les petits gars du 397e ! Je l'ai toujours dit. Mon frère Raoul ne serait pas mort asphyxié dans le tunnel de Tavannes et mon cousin Fernand n'aurait pas eu les deux bras arrachés en avril 17 à cause de Nivelle !

Et même que, de l'entendre lancer toute sa musique, ça faisait rire des consommateurs, oh discrètement, les bougres se gardaient bien de froisser le vieux Cotrelles, surtout quand celui-ci était reparti en 14 !

— On aurait pu se passer de Foch et y aurait pas eu les mutineries !

Là-dessus, la nièce, pour ramener le calme, mettait la T.S.F. en grand et on entendait chanter Tino Rossi. C'était quand même plus plaisant que la politique. Bref, avec l'histoire Weygand, voilà Cotrelles qui s'aigrit, qui se renfrogne, pas content, déçu, tout ça parce qu'on n'appelle pas Pétain. Et la seconde crise cardiaque survient à la mi-juin, alors que les Cotrelles sont dans le Lot, en exode. L'adjudant n'a pas pu entendre l'appel du maréchal Pétain et ça lui a flanqué un sale coup. Il avait alors soixante-huit ans et il commençait à sucrer les fraises, faut dire que pendant sa vie militaire il avait mené joyeuse ambiance, pas de femme pour le tenir, et l'anisette au soleil du Tonkin ça ne doit pas vous arranger. Voilà donc le vieux en pleine déroute dans le Lot, déroute physique mais aussi morale. Le neveu et la nièce, vous vous en doutez, ils pensaient surtout au pognon du juteux — au pognon caché, au magot, et ils commençaient à avoir peur que le pépé leur claque entre les doigts sans avoir indiqué la cachette. Lucien, le neveu, était veuf. Sa femme était morte en 38 après une opération dans le bidon. Les deux gamins avaient été envoyés à la campagne, en Anjou, chez une tante. Voilà donc nos deux neveux, le frère et la sœur, Lucien et Henriette qui trimbalent leur oncle sur les routes de France. On rentre à Paris au mois de juillet, un Paris vide et écrasé de chaleur, juste avec les Boches, qui ont déjà placé leurs pancartes au coin des avenues et accroché leurs étendards à quinze ou vingt bâtiments officiels. Avec l'Allemand, l'organisation ça ne traîne jamais, le Latin, pour être parfait, c'est ça qui lui manque. Bon, revenons à Paris. Le vieux était dans le cirage, assez mal en point, l'exode ne l'avait pas arrangé, et pour éviter le pire, pour le protéger on lui avait raconté des histoires — une sorte de médecine, si vous voulez —, on avait pu lui cacher que les Allemands étaient là. Du fond de la voiture, emmitouflé, le béret enfoncé jusqu'aux yeux, il n'avait rien remarqué. On l'enferme dans sa chambre, au lit, bouillotte et bols de lait — enfin, ce qu'on trouvait, parce qu'on était en juillet 40 — car il couvait une bronchite.

Les jours passent et les Parisiens commencent à rentrer. Le pépère traîne comme ça jusqu'à l'automne.

— Si vous lui dites la vérité, dit le médecin de famille, ça peut lui être fatal.

Vous pensez ! Pétain capitulard... Montoire, la poignée de main, tout le bataclan... Il aurait pas supporté, le vieux. Un gars qui, où qu'il soit, et depuis 1919, avait la photo du maréchal fixée au-dessus de son lit !

Avec l'automne, voilà le mauvais temps, la pluie qui bat les toits. Cotrelles était toujours bouclé dans sa chambre où on lui montait son manger. On lui faisait croire que la drôle de guerre continuait, que l'histoire de l'exode n'avait été qu'une alerte et que les gars à Hitler n'avaient pas dépassé Beauvais et que Français et Allemands se regardaient toujours en chiens de faïence, sur la Somme ou sur la Meuse. Rien de plus.

— Et Pétain ? qu'il demandait cette vieille caboche.

— Quoi « Pétain », mon oncle ?

— Son appel aux armes de juin... que je n'ai pas pu entendre, nom de Dieu !

— Eh bien, euh...

— On ne le nomme donc pas à la place de Weygand ?

— Euh... On en parle au gouvernement, mon oncle.

— La radio est toujours cassée ?

— Euh... oui, mon oncle.

— J'aimerais pourtant bien avoir le communiqué. Et les journaux ?

— Bah... y a des grèves, tonton Octave. Ça recommence comme en 36.

Vous pensez bien que pour les neveux ce n'était pas tenable, on ne pourrait pas continuer indéfiniment à raconter à l'oncle des histoires à dormir debout, jusqu'à lui faire croire que c'était sur des avions boches que la D.C.A. tirait quand il y avait des alertes. Il finirait par aller mieux et voudrait sortir. S'il voyait des Vert-de-Gris dans les rues et surtout — c'était ça le plus grave — s'il apprenait que Pétain, que... Enfin vous savez bien ce qu'il y a eu — en tout cas ce qu'on a raconté au sujet de Pétain. Bref, le neveu et la nièce ils se posaient des questions. Et voilà que le vieux, entortillé dans sa robe de chambre, en pantoufles, fait mine de vouloir descendre dans le bistrot. Là, en cinq minutes, il apprendrait tout, et ce serait la crise cardiaque numéro je ne sais plus combien, la fatale comme avait dit le toubib. Henriette et Lucien, ce n'est pas qu'ils n'aimaient pas leur oncle, mais de le voir mourir sans avoir indiqué la cachette du

magot les chagrinerait beaucoup plus qu'un
deuil avec révélations du moribond à la clé,
parce qu'entrer dans une tombe avec son secret
c'est un peu comme aller à la pêche avec une
épuisette trouée, ça ne vous apporte pas grand-
chose. Vous me direz qu'on peut aller à la pêche
en sachant d'avance qu'on en rentrera bredouille histoire d'embêter des proches qui attendent après vous et aiment bien le poisson. Mais
bref. Les neveux ils étaient aux petits soins pour
le vieux, surtout qu'il leur avait laissé entendre
que, peut-être, après tout, si ça pouvait les
arranger, eh bien, le magot ils l'auraient de son
vivant. Seulement il ne fallait pas qu'il bascule
dans la mort subite sans avoir parlé. Et ce n'était
qu'assaut continuel de précautions pour lui
cacher la vérité, de ces trésors de patience et de
discrétion dont on use envers un grand malade.
Cotrelles gardait la chambre, d'accord, mais à
lui ce n'était pas au sujet de sa santé qu'on
mentait, c'était beaucoup plus important :
c'était au sujet de Pétain. Naturellement on
l'empêchait de descendre dans le bistrot, où ça
bavardait beaucoup trop sur les événements.

Ils ont pu tenir jusqu'à la fin novembre, et
dans la première semaine de décembre ils mettent le café en vente. Ils le disent à l'oncle. Il
s'en moquait un peu, le bistrot ça ne l'intéressait
pas. Par chance — pour les neveux — une
phlébite maintenait l'adjudant au lit. Le danger
était donc écarté pour un moment, malgré que le
vieux réclamait journaux et radio — qu'on lui
refusait, bien sûr, en invoquant mille prétextes

vasouillards. Mais le plus gratiné c'est que
Cotrelles, vers la mi-janvier 41, annonce à sa
nièce et à son neveu que le magot, ils ne l'auront
que lorsque la guerre sera finie. Alors là, pour
eux, ce fut terrible. Ils avaient besoin d'argent,
vous comprenez, surtout que Lucien, qui voyait
la guerre longue, avait fait avec deux copains le
projet de mettre sur pied une filière de marché
noir, gagner un peu d'argent avec le charbon et
la viande, quoi, et pour ça il fallait des véhicules,
des dépôts et des intermédiaires, sans parler des
pattes à graisser, qui se tendent toujours dès
qu'il est question d'affaires, guerre ou pas
guerre. Quand on leur annonce ça, aux neveux !
Ce n'étaient pas des gens riches, ni aisés, ils
avaient même toujours été pauvres — et c'est
pour ça qu'ils voulaient goûter un peu à l'argent,
eux aussi, dame, c'est humain ! — et le bistrot,
vu la conjoncture — hiver 40-41, vous voyez un
peu le paysage !... — ne leur avait pas rapporté
grand-chose, situé qu'il était, aussi, dans une
petite rue d'un quartier d'ouvriers et d'employés !

— Mais imaginez une chose, mon oncle, dit
Lucien.

— Quoi encore ? Que veux-tu que j'imagine ?
Un nouveau miracle de la Marne ? Je ne dis pas
non. Mais sans Pétain, inutile d'y songer.

— Hum... Imaginez que vous... qu'il vous
arrive quelque chose *subitement*.

— Que je crève subitement ! ah ! ah ! ah !
ricana Cotrelles. Et sans que j'aie dit où est mon
trésor ! Chenapan ! C'est à ça que tu penses ! Un

gaillard même pas mobilisé ! Exempté parce qu'on pisse de travers !

— Ce n'est pas de ma faute si j'ai les reins qui fonctionnent mal, mon oncle.

— Tu devrais être au front. Il est vrai que sans Pétain le front ne doit pas être drôle !

Bref, voilà le vieux qui annonce que s'il meurt subitement avant l'armistice, eh bien, ce sera tant pis pour ses neveux ! Pas de magot. Ceinture. Ça leur apprendra à ne pas aller manifester et crier dans la rue qu'on mette Pétain au pouvoir.

— Moi j'irais le gueuler, si je pouvais bouger, nom d'un chien !

Quand il put se lever, d'ailleurs, il passa dans le couloir — sa fenêtre de chambre donnait sur la cour — et là, ouvrit toute grande une fenêtre qui vous offrait toute la rue et se mit à brailler :

— Vive Pétain ! Pétain au pouvoir ! ! !

Il n'y eut pas de conséquences fâcheuses, vous pensez — et puis, dans cette petite voie il ne passait pratiquement pas de soldats allemands, heureusement pour Cotrelles qui n'était pas gaga au point de confondre Vert-de-Gris et poilu en kaki. La seule chose qui changea c'est que M. Fossentiaud, le collabo du quatrième étage, chef de bureau au ministère des Colonies, qui n'avait jamais pu voir l'adjudant en peinture, se mit à demander de ses nouvelles, à s'intéresser à lui, à lui témoigner de la sympathie... Vous pensez, ils étaient du même bord — Pétain, dame ! — tout en étant du bord opposé, enfin, bref, vous m'avez compris.

La situation ne pouvait pas durer. Je parle de

la situation rue Lamandé, pas sur le théâtre des opérations. Les neveux étaient sur des charbons ardents, et le magot qu'ils n'auraient — s'ils l'avaient un jour ! — qu'à la fin de la guerre, la guerre bien partie pour durer au moins dix ans, et seraient-ils seulement encore là, lui avec ses reins patraques et elle qui faisait du cholestérol, toujours à prendre des gouttes, et les restrictions ne les arrangeaient pas...

La nièce s'occupait de la maison et Lucien avait trouvé un emploi de bureau dans une usine de chaussures de Suresnes. Finalement, en mars, voilà mon Cotrelles qui se lève et qui demande à sortir. Là, les neveux ont eu peur, j'aime autant vous le dire. Mais impossible de tenir le vieux, et le voilà parti dans la rue avec sa canne et bien enroulé dans son pardessus, le béret sur les yeux. Il fait vingt-cinq mètres et il rentre. Il était un peu faiblard, vous pensez. Il nous fait ça pendant une semaine : ses cinquante mètres de trottoir, sans sortir de sa rue, et je rentre presque tout de suite. Seulement, quand un soir il rapplique en annonçant qu'il a vu trois soldats allemands sortir de la parfumerie Chauvin, au coin de la rue des Batignolles — sans avoir de crise cardiaque, c'est déjà ça —, on lui sert une autre chanson, un nouveau conte de fées, si vous préférez.

Il se met à table, lampe sa soupe sans dire un mot, verse du vin rouge dans son assiette pour faire chabrol et, fixant tour à tour sa nièce et son neveu avec sévérité, il demande :

— Et Pétain, dans tout ça ?

Là, c'était le moment crucial... Les Allemands à Paris... On pouvait tout de même pas lui raconter que les trois soldats en vert qu'il avait vus sortir de la parfumerie du bout de la rue étaient des touristes égarés là depuis l'expo de 37 ou des prisonniers en permission de détente... Il avait bien fallu lui sortir que Weygand avait fait de grosses bêtises — Nivelle battu à plates coutures ! — pour atténuer sa colère, vous comprenez, et d'avoir vu juste dès le printemps 40 — Weygand pas à sa place comme généralissime — lui avait donné dix secondes de joie — que Weygand avait commis des bourdes et que, ceci découlant de cela, les Boches avaient envahi la France et étaient entrés dans Paris. C'était le mensonge qu'ils avaient choisi de faire, avec Weygand comme tête de Turc pour consoler un peu l'oncle. Cotrelles était trop en admiration devant Pétain pour verser des larmes sur un Weygand — ou sur n'importe quel autre chef militaire, d'ailleurs. On dit à l'oncle qu'on lui avait caché tous ces événements dramatiques pour ne pas le plonger dans la peine. Mais la vérité sur le Maréchal, là, non, vraiment, on ne pouvait pas lui dire, les mots se seraient bloqués dans la gorge, franchir le pas était physiquement impossible, ni le neveu ni sa sœur n'auraient eu le courage suffisant pour faire de pareilles révélations au vétéran de Verdun.

— Pétain, eh bien..., commença le neveu.

Le frère et la sœur, ayant prévu le coup, s'étaient concertés, vous pensez.

— Le maréchal Pétain est à Londres, mon oncle.

— Plaît-il ? Mais que fait-il là-bas ?

Et on lui monte un nouveau bateau. Fallait pas briser l'idole, vous comprenez, j'insiste bien là-dessus, sinon c'était presque à coup sûr la syncope fatale et l'adieu définitif au magot espéré.

Et Lucien raconte l'histoire. L'Appel du 18 juin, Londres, la Résistance, le Maquis, tout ce que vous savez... Sauf qu'à la place de de Gaulle, il nous met Pétain. Fallait le faire.

Le vieux n'était qu'à moitié satisfait : il pose des questions. Le neveu et la nièce ne savaient plus où se fourrer, vous comprenez, et dès que l'oncle ouvrait la bouche pour demander tel ou tel détail, ils se sentaient des suées partout. Si le vieux apprenait qu'on lui avait menti il y aurait trois conséquences dramatiques possibles : Primo, la crise cardiaque suprême et l'adieu au trésor. Secundo, la colère du vieux (qui pouvait être doublement dangereuse : embolie ou vengeance, et l'adjudant avait trois armes à feu dans son armoire, chargées). Tertio, qu'il fasse une bêtise, qu'il aille dans la rue, le pire, n'importe quoi, l'imprévu, qu'il se mette à gueuler des trucs à être fusillé dans les douze heures.

Ils y allaient donc prudemment.

— Le Maréchal ne pense qu'à la France, mon oncle... C'est un malin...

— Pétain prépare une armée là-bas, alors ?

— Bien sûr, mon oncle.

— Je ne comprends pas qu'il ne soit pas resté en France, parmi son peuple, ses anciens.

— Euh... Quelques-uns d'entre eux l'ont rejoint là-bas...

— Content de l'apprendre. Ce brave Pétain... tout ça, voyez-vous, ça ne m'étonne pas. Je n'aurais jamais accepté de le voir baisser les bras. Une seule chose me chiffonne, c'est qu'il ait quitté le territoire national.

— C'est que... Les Allemands auraient pu l'arrêter et le fusiller, mon oncle.

— Pourtant, un Pétain ne fuit pas. Baste ! C'est égal, si Reynaud l'avait nommé généralissime nous n'en serions pas là ! Et la population ? Bon sang, il n'y a toujours pas de journaux ? Qu'est-ce que ça veut dire ?

— Les Allemands les ont... euh... interdits...

Naturellement, pour les neveux — ils le redoutaient — la situation deviendrait vite intenable. De mensonge en mensonge, on va loin. Raconter que la radio est cassée et ne pas la remplacer, passe encore, mais pour les journaux, Cotrelles, qui allait mieux, finirait bien par pousser ses promenades assez loin, au moins jusqu'à la place Clichy, et tomberait fatalement sur *Le Matin* ou *Les Nouveaux Temps*... Il fallait trouver une solution, et vite. Les neveux prirent la décision d'éloigner le vieux de Paris et de le mettre à la campagne, dans un tout petit patelin où la population, prévenue, complice pour son bien, l'entretiendrait dans son rêve pétainiste...

Cotrelles n'était pas très vaillant, donc on

l'embarque et il se laisse faire, en voiture et le voilà dans un trou des Charentes.

Mais là-bas, mon vieux bonhomme s'ennuyait. Garder les vaches et parler du bois des Caures et de la butte de Tahure avec le garde champêtre, ça allait bien comme ça.

Il faut dire que le bon Dieu était avec les neveux car voilà Cotrelles, fin 41, frappé par un début de cataracte. Oh ! heureusement le bougre ne devenait pas aveugle, mais pour lire un journal, tu repasseras ! La fermière lui faisait la lecture et il lui suffisait de remplacer de Gaulle par Pétain, et pour le chef de Vichy on avait fait preuve d'invention en nommant Weygand, pour faire plaisir au vieux, vous comprenez, un mensonge un peu dégoûtant, vu que Weyrand c'est quelqu'un, mais c'était le bourrage de crâne nécessaire pour maintenir Cotrelles en vie, vous voyez.

— Ça ne m'étonne pas, disait-il. Tout ça c'est la faute à Reynaud. S'il n'avait pas nommé Weygand en mai 40, Weygand ne serait pas à plastronner à Vichy avec ce salaud de Laval-le-Rouge, et Pétain ne serait pas à se barber à Londres mais sur la Marne, à la tête de ses hommes.

Bref, vous imaginez un peu le genre de quiproquos et les réflexions que pouvait faire Cotrelles. Bon. Début 42, sans crier gare, il prend le train, tout seul, et rapplique à Paris. On ne pouvait plus le tenir. Il allait se promener, poussait jusqu'à Saint-Lazare, injuriait des Allemands quand il en croisait, et patati et patata, ne

Le pétainiste 161

pouvant toujours pas lire les journaux, vous
comprenez. Un qui s'étonnait fort de voir
Cotrelles insulter les Fritz c'était M. Fossentiaud, le collabo du quatrième, qui disait chez les
commerçants :

— Je ne comprends pas. Il est sincèrement
pour le Maréchal et il insulte les troupes antibol-
cheviques.

Cotrelles — il n'était plus gardien de square,
vous pensez, il vivait en retraité, petites promenades, bavardages avec des gens de sa condition
— il se félicitait, il était content :

— Ça ne m'étonne pas qu'il y ait tant de
monde pour Pétain, qu'il disait. Comment pour-
rait-on être contre le vainqueur de Verdun, et
surtout dans des heures si douloureuses pour le
pays ? Les Français n'ont pas la mémoire courte.

Un jour qu'il rentrait de promenade, il croisa
dans l'escalier le petit jeune homme du sixième,
Michel Armandois, un gosse de 23-24 ans qu'il
avait pour ainsi dire vu naître et dont le père
était emballeur aux magasins du Louvre. Le
Michel était en tenue de la Milice. Le vieux
s'étonna et lui demanda ce qu'il fabriquait dans
cet uniforme qu'il n'avait vu dans aucun dépôt
d'habillement de l'armée au cours de sa longue
carrière militaire.

— Je vais combattre pour le Maréchal, monsieur Cotrelles, dit fièrement le jeune homme.
Dans les camps de jeunesse, je m'embêtais.
Maintenant, je vais pouvoir vraiment servir le
sauveur de la France.

Alors vous me croirez ou vous ne me croirez

pas, mais voilà mon Cotrelles qui serre le jeune gars contre lui et l'embrasse très fort.

— Très bien, mon garçon. Tu es digne des anciens de Verdun. Où est ton cantonnement ?

— Je rejoins à Nevers, mon adjudant.

— Tu ne vas donc pas là-bas, près du Maréchal ?

Naturellement, pour Cotrelles, « là-bas » c'était Londres, mais le milicien, croyant, bien sûr, que le vieil homme avait voulu dire Vichy, lui répondit que non, qu'il allait beaucoup plus au nord — là, le vieux tiqua — mais que le Maréchal avait promis de venir visiter leur cantonnement.

Le vieux félicita encore le jeune homme puis rentra chez lui, soucieux. Il trouvait étrange qu'on ne lui ait pas dit que Pétain quittait parfois Londres pour venir inspecter des troupes à lui en France et s'étonna encore plus que le milicien ait placé Nevers au nord de Londres. Il ouvrit son vieux livre de géographie de chez Gallouëdec et chercha Nevers puis Londres, mais sa vue se brouillait à cause de ses yeux malades et il n'insista pas.

L'alerte la plus sérieuse, chez les Cotrelles, eut lieu en mars 43 car à cette époque l'adjudant prit la résolution de « faire quelque chose pour Pétain ». Les neveux attendirent quelques jours dans l'anxiété puis apprirent que le vieux avait décidé de rejoindre à Londres. Il avait entendu dire chez le crémier que deux anciens des Eparges, habitant la rue, et un jeune employé des postes de la rue La Condamine s'étaient embarqués pour Londres en décembre 42.

— Vous êtes trop âgé, mon oncle, lui dit Lucien, très inquiet. On ne vous prendra pas.

— Vous avez fait votre part en 14, oncle Octave, et largement, lui dit sa nièce. Laissez donc ça aux jeunes classes...

— Oui, mais Tissard et Renaudel, qui sont partis en Angleterre, je les connaissais bien... Ils étaient à Verdun. Ils sont plus jeunes que moi, d'accord, ce sont des gaillards de la classe 3, mais tout de même...

— Le climat est très mauvais, en Angleterre, mon oncle, toujours du brouillard... la pluie... sans compter les avions boches qui ne les laissent jamais tranquilles...

— Le climat... Diable ! je n'y avais pas pensé ! Et Pétain qui tient là-bas ! A son âge ! C'est un monde ! Quel homme ! Il porte certainement ses fameuses jambières de laine, comme en 16 !

Bref, ça remettait ça. Le vieux avait la bougeotte, on ne pouvait plus le tenir. Il lança en pleine épicerie Conquart qu'il allait rejoindre Pétain toutes affaires cessantes et que sa décision était irrévocable, et un jour qu'il y avait plein de monde dans la boutique ! C'est à partir de ce jour-là qu'il s'étonna de voir M. Bréconi, l'insti du 12 bis et Jubernault, le dentiste du quatrième, lui faire la gueule et ne plus lui dire bonjour, le premier étant agent de liaison de la Résistance, le second boîte aux lettres d'un réseau, mais ça s'arrangea et à la mi-avril les deux voisins se remirent à saluer le vieux, des gens de la rue, complices des neveux Cotrelles, ayant mis les deux patriotes dans la confidence.

Ce qui rendait Cotrelles d'excellente humeur, chaque fois qu'il rentrait de promenade — il ne se contentait plus de son quartier et il lui arrivait de pousser au pas de chasseur jusqu'au-delà du Gaumont Palace et même, du côté opposé, jusqu'à l'Etoile — c'était de constater que pratiquement tous les gens étaient pour Pétain.

— Ah quel beau pays que la France ! lançat-il avant d'attaquer son rutagaba en béchamel.

Il fixa tour à tour sa nièce et son neveu :

— Cette fois, les enfants, c'est sûr. Je suis bien décidé. J'irai voir le Maréchal. Il se souviendra de moi... Février 16... La mairie de Souilly... Monsieur le Maréchal, je viens me placer une seconde fois sous vos ordres pour l'honneur de la France. Voilà la première chose que je lui dirai, dès mon arrivée là-bas.

Il alla traîner sur les quais où il réussit à dénicher un lexique franco-anglais — pour pouvoir se débrouiller là-bas, vous comprenez — puis il espaça ses promenades et, enfermé des heures dans sa chambre, essaya de potasser, à l'aide d'une puissante loupe, la langue de Shakespeare.

Le neveu et la nièce, vous pensez — essayez de vous mettre dans leur peau — ils avaient hâte que la guerre finisse !

Naturellement, pas question de laisser le pépé partir pour l'Angleterre. Avec son cœur patraque, ses jambes usées, ses vertiges et sa vue basse, il n'y arriverait pas vivant. S'il essayait de traverser la Manche, c'était la mort assurée. On l'avait donc à l'œil. Seulement, quand le cousin Eugène — qui détestait Pétain car son gendre avait été arrêté par la police de Vichy en tant que résistant — perdit sa femme, là-bas, à Loudun, dans la Vienne, et qu'il fallut aller à l'enterrement, rien à faire pour y emmener le vieux. Le cousin Eugène était communiste, vous comprenez bien qu'il n'accepterait pas de tresser des couronnes de laurier — même pour faire plaisir à Cotrelles — à l'homme qu'il appelait Pétain-Pantin et qu'il haïssait. On enferma donc l'oncle dans sa chambre, avec de quoi manger pour deux journées, le seau hygiénique et son jeu de cartes pour faire des réussites. Mais il n'était pas seul depuis dix minutes — et les neveux devaient à peine être sortis de l'arrondissement — qu'il ouvrit son armoire, prit sa baïonnette sous la pile de draps et commença à tricoter dans la serrure de la porte. Et voilà mon septuagénaire parti avec sa petite valise. Il ne se débrouillait pas trop mal. Gare du Nord. Il la trouve tout seul. Et je débarque à Boulogne-sur-mer en fin d'après-midi. Voilà mon vieux qui traîne sur les plages, poussé par le vent, qui entre dans un patelin et qui demande à des pêcheurs de bien vouloir lui faire traverser la Manche. Naturellement quand on l'entendit dire que c'était pour rejoindre Pétain on commença à se cogner le front de l'index dans son dos, mais ma foi, comme il se baladait avec ses médailles de guerre sur le veston, on était pas méchant avec lui, on compatissait. Un chef milicien — ces gens-là avaient des oreilles partout — apprend la chose, prend le vieux en sympathie, l'emmène chez lui et, devant une bouteille de bière, lui explique gentiment — le bougre croyait vraiment que Cotrelles, ancien de Verdun, voulait rejoindre le Maréchal, et c'était vrai, cette blague ! seulement il y avait erreur de destination :

— Le Maréchal n'est pas à Londres, voyons, mon adjudant. Il est à Vichy. On vous a induit en erreur... Il y a tellement de mensonges qui font tant et tant de mal à la France !

— J'aime mieux ça, répond Cotrelles. Ça ne m'étonne pas du tout qu'il soit revenu parmi les siens.

Le juteux a remarqué que la Milice a sur le dos le même uniforme que le petit Armandois, et il se dit qu'il doit s'agir d'un résistant, d'un envoyé de Londres, un gars dans ce genre-là.

Et voilà mon chef milicien qui met le vieux dans sa voiture dont la boîte à gants est bourrée d'ausweis, et en route pour Vichy. Le collabo, vous pensez, il n'allait pas là-bas exprès pour le vieux, il avait à faire, des papiers à prendre, je ne sais quoi. Il lâche Cotrelles dans une rue de Vichy après lui avoir indiqué où se trouve l'Hôtel du Parc.

Cotrelles, il n'en croyait pas ses oreilles. Pétain à Vichy ! Au cœur de la France ! Quel courage ! Sceptique tout de même, il questionne deux ou trois passants et on lui confirme que oui, c'est vrai, le Maréchal loge à l'hôtel du Parc.

Cotrelles il se méfie. Prudent, le vieux renard. Il se demande s'il ne risque pas de causer du tort au Maréchal. Il attend donc sur un banc que le soir tombe, et entre chien et loup, hop, direction l'Hôtel du Parc. C'était une belle soirée d'été, il faisait grand jour. Quand le juteux voit des miliciens — habillés exactement comme le gars qui l'a amené à Vichy et comme le petit jeune homme du sixième, qu'il a félicité pour son courage — monter la garde devant l'hôtel, il ne s'étonne pas, et comprend que le grand chef militaire a sa garde personnelle. Peut-être que les Allemands n'osent pas l'ennuyer — qui sait ? —, en tout cas c'est sa première idée, et puis sa seconde idée c'est que la résistance serait bien mieux dirigée de l'intérieur — bref, ce sont des réflexions, disons pas de gâteux, mais presque. Que voulez-vous, quand on idolâtre quelqu'un on ne sait pas jusqu'où ça peut aller. Bon, le voilà qui se glisse dans l'ombre, doublement épaisse parce que, en plus du soir qui tombait, il y avait les frondaisons. Il s'approche des grilles de l'Hôtel du Parc. Les miliciens ne le voient pas — en tout cas, on ne l'a jamais su —, et il n'avait rien de bien inquiétant ce vieillard. La nuit tombait, donc, et — je l'ai dit — c'était une belle soirée d'été. Mon Cotrelles arrondit les yeux en voyant passer à trois mètres de lui, derrière la grille et les guirlandes de lierre, dans une allée du parc, Pétain qui fait sa promenade la canne en main en bavardant avec celui qui l'accompa-

gne : le docteur Ménétrel. Cotrelles sent son
cœur battre la charge à toute allure et frôle la
crise cardiaque à cause de l'émotion — et de la
joie ! Il voudrait passer la grille et aller se mettre
au garde-à-vous devant son chef, lui serrer la
main... La seule chose qui le contrarie un peu,
oh si peu, il n'en fait pas une maladie, c'est de
voir Pétain en civil et non en uniforme de soldat.
Oh, il doit avoir ses raisons... Pétain et Ménétrel
passent et repassent en devisant de la pluie et du
beau temps et Cotrelles ne bouge pas de sa
cachette, derrière les buissons, émerveillé...
Soudain, l'adjudant se souvient que Weygand,
lui aussi, en principe, se trouve à Vichy — pas
pour le même motif, il est vrai —, et il pense que
les deux anciens frères d'armes vont certainement — si ce n'est déjà fait — avoir une
entrevue, pour le bien de la France bien sûr. Il
ne cherche pas à comprendre plus avant, vous
pensez bien. Il a sorti son carnet de sa poche et il
y griffonne en hâte quelque chose, malgré sa vue
basse, il se débrouille... le nez collé au calepin
qu'il a appuyé à un tronc d'arbre... Il écrit,
d'une écriture incertaine et tremblante, mais
lisible :

Monsieur le Maréchal,

*Je vous félicite de n'être pas resté à Londres. Le
vrai combat pour la France doit se dérouler ici.
Merci de rester au milieu de vos hommes. A votre
service et vive la France !*

Adjudant-chef Cotrelles Octave.
Matricule 173.727-F.
6e Compagnie du IIe Bataillon — 397e R.I.

Mon adresse à Paris, si vous avez besoin de moi
comme en 16 : 12, rue Lamandé — Paris 17e.

Il enveloppe une petite pierre avec son message et la lance dans le jardin. Le papier atterrit
sur la chaussure de Ménétrel qui se baisse, le
ramasse et le lit... Il fait part du contenu du
message à Pétain — qui semble très intéressé —
et les deux hommes s'éloignent... Pétain s'est-il
souvenu de l'adjudant ? On ne sait pas, mais
cinq minutes ne se sont pas écoulées que trois
miliciens chargés de fouiller les abords du parc
mettent la main sur Cotrelles — gentiment, je le
précise — et le conduisent dans l'hôtel. On le
fait attendre dans un salon puis on lui sert un
goûter, chocolat au lait, biscuits, confitures.
L'adjudant se jette là-dessus, faut vous dire que
le bougre n'avait pas cassé la croûte depuis
Boulogne, puis demande où est le Maréchal.
— Il est occupé dans son bureau avec M. Laval. Il travaille.
— Tiens... Laval, ce sale traître, s'est rabibo-
ché avec le Maréchal ? s'étonne Cotrelles.
— Bien sûr...
Il y avait eu la réintégration de Laval dans le
gouvernement, je ne sais pas si vous vous
souvenez, bref, tout ça c'est de la politique et on
sort de notre histoire.

— Mais Laval avait trahi ! s'exclame le vieux.

On lui sourit, on lui redonne du chocolat, on lui dit des mots gentils, puis il réclame à nouveau le Maréchal.

— Vous comprenez, mon ami, le Maréchal est fatigué... Pensez ! A son âge... Toute la France... sur ses vieilles épaules... S'il devait accepter de recevoir tous ses anciens hommes...

Le vieux ne veut pas décarrer, alors le commissaire de police du coin est prévenu et cherche à savoir qui est Cotrelles. On se met en rapport avec la famille et voilà Lucien qui vient chercher son oncle à Vichy et le ramène à Paris. Il explique au vieux que le Maréchal est venu de Londres en mission extraordinaire pour s'entretenir avec des chefs de la Résistance qui travaillent sur place. Vu son passé et son grand âge, les Allemands n'ont pas osé faire de pétard, ils ont accepté de fermer les yeux pendant trois jours et de le laisser loger à Vichy, à l'Hôtel du Parc, le directeur de l'établissement, un ancien de Douaumont, ayant consenti avec joie à prendre chez lui l'auguste soldat. Il ne trouve pas mieux à raconter, et à sa place je vous avoue que je lui aurais servi à peu près la même chose, je n'aurais rien trouvé d'autre. Le Cotrelles il n'était quand même pas tout à fait gaga, il tique un peu, puis finalement accepte ça comme du bon pain, il avait pas le choix, il allait tout de même pas imaginer la vérité, vous comprenez, pour lui la réalité, c'eût été impensable.

Revenu à Paris, ce fut chez le crémier que

Cotrelles entendit la radio pour la première fois depuis 40. Il y avait eu une alerte et le vieux avait hésité à faire les deux cents mètres qui le séparaient de chez lui à cause de la D.C.A. qui tonnait, et il pleuvait des éclats comme giboulées en mars. Il est donc dans l'arrière-boutique des Péluguet, les crémiers, où le patron a mis Radio-Londres, il était dans les 21 heures. Sur les ondes, on parlait surtout de de Gaulle et Cotrelles demanda qui c'était celui-là. Heureusement, Mme Bassetreuil, une voisine — qui était au courant de *l'histoire* — répondit avant le crémier et lui raconta que de Gaulle c'était un jeune général, le premier adjoint de Pétain, un peu comme Weygand pour Foch en 14-18, quelque chose comme ça. Puis voilà qu'un gars de Radio-Londres se met à parler du « traître Pétain », et Mme Bassetreuil, pleine d'initiative — et à l'étonnement du crémier qui n'était pas dans le secret des dieux —, explique à l'adjudant que les Allemands réussissent à brouiller Ici-Londres et à jeter des menaces contre Pétain.

— Mon Dieu, vivement que la guerre finisse ! lancèrent les neveux quand Mme Bassetreuil leur rapporta l'incident.

La nièce se faisait un vrai sang d'encre :

— S'il apprend la vérité... Mon Dieu...

Le neveu, lui, était catégorique :

— La geurre se termine. Il nous indique où est le magot, et ma foi, après, il pourra apprendre toutes les vérités qu'il voudra, tant pis pour lui, il nous aura fait assez lanterner, ces cruautés-là, eh bien, ça se paie.

Ces deux jeunes égoïstes essayèrent bien de faire céder leur oncle : la divulgation de la cachette du magot, mais autant faire parler un mur :

— Si vous entrez en possession de mon trésor maintenant, vous vous laisserez aller... Vous ne travaillerez plus... et vous n'attendrez plus *avec impatience* — comme tout bon Français — que la guerre finisse !

Cotrelles, ses neveux, il les connaissait bien. Pas patriotes pour un sou, ni l'un ni l'autre. Tandis qu'en vivant dans l'espérance de trouver le bonheur matériel — ces gens-là ignorent complètement qu'il existe parfois un bonheur de l'esprit — dès la paix revenue, ils s'efforçaient d'être *pétainistes* comme tout le monde, de — à défaut d'œuvrer pour — prier pour la paix (avec défaite allemande s'entend).

Parce que, un détail :

— Mon trésor vous ne l'aurez qu'une fois la guerre terminée, avait précisé le vieux cabochard, mais à condition que ce soit une victoire alliée. Si Hitler gagne, je ne donne rien.

Bon, on était prévenu, et le vieux alla écrire à la craie sur le mur de façade de l'hôtel particulier des Chaumillard-Farisquier — des collabos haut placés, lui en poste à Vichy —, boulevard de Courcelles :

PÉTAIN VAINCRA

L'adjudant s'étonna un peu quand il revit le petit jeune homme du sixième, le milicien, revenir chez ses parents, en permission. Il le rencontra dans l'escalier et le trouva forci, plein de superbe et d'aplomb et monté en grade, s'il vous plaît. Le vieux et le jeune gars échangèrent quelques mots de politesse et l'adjudant félicita une fois de plus Armandois de servir le Maréchal.

— Quant à de Gaulle, j'espère bien qu'on l'arrêtera et qu'on le fusillera ! dit le jeune type.

— Mais pourquoi ? s'étonna le vieil homme, se souvenant de ce nom : de Gaulle, entendu à Radio-Londres chez le crémier. Il a fait des bêtises ? Il est en disgrâce ?

— C'est un traître, voyons ! lâcha le milicien.

— Ah bon. Je ne savais pas qu'il y avait eu des histoires à l'Etat-Major... Mais vous savez, mon petit, depuis les histoires de Chose... Comment déjà ? Oui, Dreyfus. Depuis ces histoires-là, il faut faire attention, ne pas accuser à la légère... Il y a eu une affaire de bordereau ? Ce n'est pas possible... De Gaulle est sûrement innocent. Enfin, moi c'est ce que je pense.

Pensant que le pépé ne s'arrangeait pas dans son gâtisme, le milicien le salua et continua à monter les marches de l'escalier.

— Pétain s'entourait mieux en 16 et en 17, marmonna le vieux en mettant sa clef dans la serrure de sa porte.

L'alerte sérieuse suivante eut lieu en janvier 44.

Le milicien Armandois, chez lui pour quelques jours — ses parents étaient partis à la campagne, pour cause de ravitaillement —, avait invité le vieux Cotrelles à prendre un verre et surtout, pour lui faire plaisir, essayait devant lui son nouvel uniforme : celui de la L.V.F. Faut vous dire que le juteux ne s'étonnait pas du tout de voir le jeune gars aller combattre les Russes, privé de radio, de journaux et tout le saint-frusquin, il en était resté au pacte germano-russe, et vous pensez bien qu'à son âge les subtilités de la politique lui échappaient un peu...

Bon, l'autre essaie sa tenue de volontaire devant la glace de l'armoire quand, brusquement, ramdam dans toute la rue et cris dans l'escalier de l'immeuble.

— Les Allemands encerclent le pâté de maisons ! hurle un type.

Cotrelles va entrouvrir la porte du palier et apprend par deux femmes affolées qu'on recherche un chef résistant. Aussi sec, mon vieux, croyant que le petit Armandois est le gibier en question, lui propose de le cacher dans son appartement, au premier. Déjà, Armandois éclate de rire.

— Ça te fait rire, Michel ? Toi, au moins, tu n'as pas peur, mon gars, fait Cotrelles. Mais tu ne vas pas rester planté là alors que les Boches traquent les hommes à Pétain !

Le milicien fronce les sourcils et il est pour éclairer le vieux, le mettre au courant, quand, la porte du palier étant restée ouverte, Henriette se précipite et entraîne son oncle. Lucien Cotrelles surgit à son tour et explique au milicien de quoi il retourne exactement, l'oncle a perdu la boule, il croit que Pétain est à Londres, enfin toute la comédie. Un peu à contrecœur, mais enfin, puisque les Armandois et les Cotrelles habitent le même immeuble depuis 21 et ont toujours été amis et que Lucien ne fait pas de politique, ma foi, la Milice accepte de dépanner le neveu du juteux.

— Je suis pour le Maréchal, comme mon oncle, assure Lucien, la main sur le cœur. Mais pas tout à fait pour les mêmes raisons...

— Bien, alors d'accord. Il ne saura rien.

— Jouez la comédie jusqu'au bout, Michel, soyez chic, implore Lucien.

Le gaillard de la L.V.F. s'étonne tout de même un peu :

— Mais qu'est-ce que c'est que cette histoire ? Pourquoi ne pas lui avoir dit que Pétain luttait à Vichy et non à Londres ?

— Que voulez-vous... On s'est mal débrouillé... Maintenant, c'est trop tard... Ecoutez... ce serait trop long à vous expliquer... Mon oncle croit dur comme fer que c'est vous que les Bo... que les Allemands recherchent ! Si vous saviez comme il vous aime ! Il vous aime comme un fils et nous parle souvent de vous les larmes aux yeux... et cela depuis que vous lui avez dit que vous serviez militairement le Maréchal...

Et les Boches qui criaient dans la rue, ça vociférait partout, des « Loss ! » « Schnell ! » et compagnie, trois camions fritz étaient garés dans la petite rue et les Vert-de-Gris fouillaient déjà deux immeubles...

Le neveu et la Milice étaient là à discuter sur le palier que toutes les portes des appartements s'étaient fermées, les gens terrés chez eux, et deux types en manteau de cuir noir frappaient déjà à la loge de la pipelette.

— Si vous n'acceptez pas, insista Lucien, l'oncle est fichu de faire du ramdam... Et là, je crains quelque chose d'imprévisible de sa part, vous comprenez... Allons, quoi... Faites ça pour lui... Vous savez bien que c'est un bon Français...

Lucien insiste encore, puis, pour avoir la paix, le milicien accepte de descendre au premier, chez les Cotrelles, et là, le vieux l'embrasse, le serre contre lui, puis il le conduit dans la cour qui est derrière l'immeuble — pour s'y rendre il faut passer par la cave — et l'enferme dans son garage, un petit local, une sorte de hangar attenant au bistrot et que les Cotrelles avaient gardé — le neveu comptait y entreposer ses marchandises de marché noir, mais ça c'est une autre histoire que quelqu'un d'autre vous racontera beaucoup mieux que moi. Bref, le milicien se laisse faire, en soupirant, mais il ne veut pas causer de peine au vieux. Vous savez ce que c'est, dans les immeubles... entre locataires qui vivent là depuis des vingt-cinq, trente, quarante ans... On se connaît... On est un peu de la même famille, et même un Rouge tendrait la main à un Blanc, et vice versa. Voilà donc la Milice enfermé dans le hangar.

Le drame a éclaté un quart d'heure plus tard.

La concierge était toute nouvelle, vu que

l'ancienne était repartie dans sa famille, en
Savoie, à cause des bronches de son époux.
Figurez-vous que la nouvelle pipelette, elle,
n'était pas au courant de la comédie des Cotrelles, alors pour ne pas avoir d'ennuis — elle avait
un grand gars tout à fait mûr pour le S.T.O. —
elle répète ce que le juteux lui a dit, en
remontant l'escalier :

— Le résistant est enfermé dans mon garage.
Ils ne l'auront pas !

Et le vieux montre la clef avant de la fourrer
dans sa poche, puis il grimpe tranquillement
chez lui, tout content d'avoir caché un gars à
Pétain — enfin, un gars du maquis, vous m'avez
compris malgré vos yeux ronds —, en sifflotant
Sambre et Meuse. Les deux gestapistes, eux,
étaient passés dans l'immeuble voisin. Mais ils
reviennent, et comme je l'ai dit, la pipelette,
pour ne pas avoir d'ennuis — elle pensait à son
fils, vous voyez — elle moucharde — sans
vouloir vraiment moucharder, remarquez, mais
enfin elle moucharde quand même, et elle
montre le petit hangar aux deux citoyens en
manteau de cuir :

— Il est caché là-dedans, votre gaulliste.

Armandois il a pas eu le temps de protester.
Vu que les Boches n'y sont pas allés par quatre
chemins. Ils ont jeté des grenades incendiaires
dans le local après en avoir brisé une vitre. Le
milicien il est mort là-dedans, carbonisé, sans
avoir pu dire qu'il copinait avec Hitler. Encore
un qu'irait pas en Russie. Le vieux, lui, il n'en a
rien su. On lui a caché la chose, vous pensez, il

l'aimait tellement, son petit à Pétain. Par contre, ceux qui l'ont su, ce sont les gars du réseau Ardeur et Patrie, dont le quartier général était tout près, rue des Dames, dans une ancienne teinturerie, et j'aime autant vous dire que ces maquisards-là, quand ils croisaient l'adjudant dans la rue, eh bien ils le saluaient, et bien bas, et plutôt deux fois qu'une, et puis tout ça explique que la concierge n'ait pas eu d'ennuis à la Libération.

Au vieux Cotrelles on lui avait raconté que Michel Armandois avait pu s'enfuir du hangar et retourner au maquis.

Eh bien, figurez-vous que ça a pu continuer comme ça jusqu'à la Libération. Cotrelles, il vieillissait, vous pensez — on vieillit tous, mais lui ça allait beaucoup plus vite —, la maladie, l'usure, les restrictions, et puis le principal : le gâtisme, sans compter son voyage à Vichy, après lequel il n'avait jamais plus été tout à fait comme avant, de ne pas avoir serré la main à Pétain ça lui avait laissé quelque chose au cœur, un sale regret qui ne le quittait plus... Bref, voilà le débarquement. Le grand, celui de Normandie. Il s'imaginait, le pauvre vieux, que Pétain dirigeait tout ça, la main dans la main avec les Américains et les Anglais... On ne le contrariait toujours pas et le neveu et la nièce voyaient arriver la fin de leur calvaire, tout s'arrangeait au mieux de leurs intérêts, la guerre allait finir et les Alliés être victorieux, on allait pouvoir passer à la caisse et mettre le vieux à l'asile.

Le vieux, lui, s'émerveillait qu'à 88 ans Pétain

dirige encore des combats de grande envergure.
Dans sa chambre, ce n'était plus trois mais dix
photos de Pétain qui étaient fixées au mur. Il y
en avait partout. On racontait que c'étaient des
gosses du quartier qui avaient volé ça dans les
salles de classe pour les lui apporter. Quand il
alla se promener, tout seul, sur les Champs-
Elysées, vers la Concorde, le 25 août 44, il ne
trouva pas la journée si rayonnante que ça... et
quand il vit de Gaulle, Bidault, Le Troquer et
toute la bande marcher au-devant de la foule, il
s'étonna que Pétain ne soit pas là. Il ne voyait
pas bien clair, je l'ai dit, la cataracte à cet âge-là
ça ne s'arrange jamais, et les titres des journaux
lui échappaient — et les neveux s'étaient privés
de radio jusqu'à la Libération et s'en privaient
toujours, vu que le vieux n'était pas complètement sourd... Ç'avait été le tour de force, vous
comprenez...

Il vit donc de Gaulle et les autres, la foule en
liesse, et il entendait les vivats et les applaudisse-
ments, les hurrah et les cris de joie. Rue Royale,
devant chez Maxim's, il a croisé un petit vieux
de son âge...

— Dommage que le meilleur d'entre nous ne
soit pas là... Pétain peut encore marcher, bon
sang ! Ce serait plus normal qu'ils soient ensemble... Le grand qui lève les bras, ce n'est qu'un
sous-fifre...

— Le Maréchal n'accepterait jamais, répondit l'autre petit vieux, tristement. Et puis il est si
âgé...

— On mène un peuple à la victoire et après,

au revoir et merci, c'est la valetaille qui ramasse les honneurs.

Et il ajoute, en s'éloignant, triste et las :

— Comme après 18, quoi...

Il repart vers l'Etoile. Il réussit à s'extraire de la foule. Les Parisiens en joie, en rangs compacts, marchaient à contre-courant et il eut un mal fou à obliquer vers le Grand Palais puis à atteindre les quais de la Seine. Plus loin, des coups de feu claquaient, des gens criaient et se jetaient à terre. On tirait des toits. Lui, Cotrelles, il se dirigeait tranquillement vers la Seine, un grand ruban serein et délaissé par cette chaude journée. Le voilà sur la berge. Il va s'asseoir sur un tas de pavés et il reste là à regarder l'eau, entendant les clameurs énormes, au-dessus de lui. De Gaulle qu'on acclamait. Tout pour lui, qu'il pensait, Cotrelles. Attention, il n'était pas du tout antigaulliste, mais que voulez-vous, son gars à lui c'était Pétain.

Les bravos, qu'on entendait rouler au-delà des arbres, lui faisaient de la peine.

— Bon Dieu ! Et le Maréchal, alors ?

Et il revoyait le 14 juillet 19, Pétain sur son cheval. Il entendait encore les vivats de la foule. Oh ! c'était bien mieux qu'aujourd'hui. Et il écrasa une larme qui coulait sur sa joue. Ce que c'est de porter quelqu'un aux nues... Imaginez un peu comment il le voyait son Pétain : Verdun plus la Résistance. Admirez un brin l'auréole sur la tête du bonhomme ! Il faut dire aussi que tout ce délire c'était un peu de la faute des neveux...

Quand au dîner il se plaignit de tout ça, les neveux comprirent que, pour eux, *ça continuait.*

— Vous pourriez acheter un poste de radio, nom de Dieu !

— On verra... on avisera, dit le neveu.

— Maintenant, ce ne sera plus des informations boches, alors payez-vous-en une de radio ! On vit comme dans une grotte ici, depuis quatre ans !

— Mangez votre soupe, tonton Octave.

— Non, je n'ai pas faim.

Et le vieux repousse son assiette pleine, maussade, boudeur.

— Un si beau jour ? s'étonne la nièce. Le jour de la Libération, vous n'avez pas faim ? Vous l'avez pourtant attendue cette journée !

— Je n'ai pas vu Pétain : je n'ai pas faim.

— Il est très fatigué, vous savez, le Maréchal..., lui dit son neveu. Deux grandes guerres gagnées en un quart de siècle... Imaginez la dépense d'énergie...

— Je veux le rencontrer et lui serrer la main.

Le neveu et la nièce s'entre-regardaient... Si on racontait à l'ancêtre que Pétain était parti Dieu sait où, peut-être en fuite, recherché, c'était la crise cardiaque archi-fatale, et il n'avait *toujours pas* dit où était son magot !

— Vous savez, tonton, il va prendre sa retraite, le Maréchal... Il a fait son devoir. Alors, maintenant... De Gaulle, c'est un gars très compétent, paraît-il, pas du tout empoté pour mener les hommes. Pétain l'a recommandé au gouvernement.

Alors Cotrelles lâche le mot de la fin :

— Vous n'aurez pas mon trésor avant que j'aie vu Pétain.

Leur coupant, du coup, à eux aussi, l'appétit. Bref, ce fut une soirée bien triste pour les trois Cotrelles.

Lucien pensa au journal du 20 août, vieux de seulement cinq jours, qui traînait sur la commode et annonçait que les Allemands, à l'Hôtel du Parc, avaient enlevé le Maréchal, la Maréchale, le général Debeney et l'amiral Bléhaut, mais il renonça à le montrer à l'oncle de peur de lui faire trop de mal et de — qui sait ? — déclencher l'irréparable : l'embolie dont on ne voulait *pas encore*. Pétain fait prisonnier par les Boches et de Gaulle ne levant pas le petit doigt pour le délivrer et se pavanant sur les Champs-Elysées en levant les bras, ça, Cotrelles n'aurait pas supporté.

La suite n'est pas très gaie.

Vous vous souvenez de Jubernault, le dentiste, le résistant dont je vous ai parlé. Le gars était devenu chef de réseau. Il avait pu sortir de France et s'était engagé en janvier 44 dans la Division Leclerc. En janvier 45 — il avait été nommé capitaine —, en Alsace, le bonhomme apprend que sa femme et ses deux filles, réfugiées en Côte-d'Or début 44, dénoncées par lettre anonyme, ont été arrêtées, prises comme otages par la Milice puis déportées, et les deux gamines et la femme sont mortes dans un camp de concentration... Vous parlez d'une nouvelle. Alors la haine de cet homme-là pour les Alle-

mands il faut la comprendre... En mai 45, il ne
désarme pas. Il quitte l'armée, d'accord. Dame,
c'est la paix, n'est-ce pas. Mais il ne rentre pas
en France. Et savez-vous où il va ? Eh bien, il va
en Bavière. Attendez, j'ai laissé mon Cotrelles
de côté mais on va le retrouver. Cotrelles qui
croit que Pétain est toujours aux mains des
Allemands, probablement à attraper la crève en
forteresse. Jubernault il sait qu'en Bavière, dans
un réduit, s'est réfugié Haubricht, un chef de la
Gestapo, un dignitaire nazi qui a dirigé le camp
où sont mortes sa femme et ses filles — et à
l'époque où elles s'y trouvaient. Il veut se
venger, cet homme, et je crois bien que j'aurais
fait exactement comme lui. Attendez, un petit
brin de patience, on en est à l'épilogue. Le voilà
donc, Jubernault, filant en Bavière. Par ses
propres moyens. Et sans en informer quiconque.
Et là-bas — mais je ne vous raconte pas comment parce que ce serait trop long et ça ferait
comme qui dirait une autre histoire épinglée à la
première — il met la main au collet d'Haubricht.
Le Fritz est en tenue d'officier du Grand Reich,
le bougre n'a rien mis à la garde-robe. Précisons
que l'uniforme du loustic est celui des SS.
Jubernault a décidé de ramener le bourreau en
France. Il trouve une voiture, et le voilà parti
avec le chef nazi. Il veut le remettre lui-même
entre les mains de la justice militaire. Il a
d'abord pensé aux Américains, mais tout
compte fait il préfère le livrer à la Résistance
française. Donc, direction Paris. C'était à la mi-
août. Jubernault avait mis trois mois pour

retrouver le criminel. Il fait très chaud. Dans
l'Yonne, Jubernault arrête l'auto au bord d'une
rivière, l'Yonne, justement, et — la chaleur était
étouffante, ce n'était plus tenable — décide de
s'offrir une baignade. Oh ! il était armé, et le
Chleuh ne bronchait pas. Ils n'étaient pas du
tout devenus copains — pas jusque-là, surtout,
vous pensez —, mais enfin, le Fritz ne bronchait
pas et se tenait à carreau. On aurait dit qu'il
regrettait d'avoir fait toutes ces saloperies...
Bref. Enfin, il jouait peut-être la comédie. Mais
ils étaient si crasseux, si fatigués... et il faisait si
chaud que... Bon, le capitaine Jubernault décide
de prendre un bain avant l'entrée dans la
capitale. Il autorise le nazi à se baigner lui aussi
s'il en a envie. Comment est-ce arrivé ? Le
capitaine, très fatigué par ce voyage — et la
tension nerveuse, ce chef SS à surveiller...
depuis la Bavière ! — a dû avoir le coup de
pompe... Toujours est-il que pendant que Jubernault se baigne dans la rivière — il avait laissé
son revolver dans la voiture fermée à clef —, le
gars à Hitler lui fauche ses vêtements et s'enfuit
en direction d'un bois. Haubricht fuyait à poil,
les habits sous le bras. Voilà Jubernault tout nu,
lui aussi. Il se sent tout cocu, baisé comme un
bleu si vous me permettez l'expression. Il s'en
veut d'avoir été humain, et de n'avoir pas bouclé
le Fridolin dans la bagnole. Il voit Haubricht
cavaler vers les bois, ses vêtements, à lui,
Jubernault, sous un bras. Le capitaine est en
rage. S'être fait avoir de la sorte, et si près du
but ! Il saisit une grosse pierre, casse la vitre de

la voiture, prend les doubles des clefs dans la boîte à gants... et le voilà tout nu au volant du véhicule ! Le nazi, il l'a rattrapé au milieu des champs, en trois minutes. Ils se sont bagarrés, et ma foi, ayant attrapé son revolver, le capiston a dû tirer. Et l'Allemand est tué net. Encore un qu'ira pas au tribunal. Jubernault laisse le cadavre nu, là, au milieu du champ, sous le soleil qui cogne dur. Il se baisse pour reprendre ses vêtements, et que voit-il ? Les habits roulés en boule que le Fritz avait sous le bras, ce n'est pas les habits de Jubernault. C'est l'uniforme noir de SS. Haubricht se sauvait avec ses vêtements à lui, ce que, de loin, le capitaine n'avait pas pu remarquer. Alors Jubernault retourne au bord de l'eau et constate que ses nippes à lui, le Frisou les avait jetées dans la rivière. Et pas moyen de les récupérer. Le courant du barrage les a entraînés. Le soir tombe... Et voilà Jubernault, grand résistant, obligé de s'habiller en officier SS ! Il n'a pas le choix, vous pensez ! Le temps d'atteindre le plus proche village, de s'expliquer et de se faire prêter des habits civils... Que s'est-il passé ? A-t-il décidé de joindre Paris tout de suite ? Sans doute. Il faut dire qu'il n'en était plus très loin.

On était à la mi-août, je l'ai dit. La mi-août 45. Pétain venait d'être condamné à mort et l'adjudant Cotrelles — qui avait vu un grand ophtalmo huit jours plus tôt et qui étrennait ses lunettes aux verres super-grossissants — tombe sur un gros titre de journal, des lettres énormes, en pleine rue :

PÉTAIN CONDAMNÉ A MORT

Sa crise cardiaque numéro je ne sais plus
combien, aussi surprenant que ça puisse paraî-
tre, il ne l'a pas eue, non. Cette manchette de
journal, ça lui a suffi. Il n'a pas cherché à lire ce
qu'il y avait en dessous, les détails. Il a pu
remonter chez lui. Là, il revêt le seul uniforme
qu'il a : celui de gardien de square. Et il prend
son revolver d'ordonnance, celui qu'il a ramené
de la guerre 14-18. L'arme est chargée jusqu'à la
gueule. Vous devinez la suite ? Pétain ! Pétain
ceci, Pétain cela ! Cotrelles empoisonnait tellement son entourage avec ça que ses neveux ont
fini par lui faire croire que le Maréchal avait été
enlevé par les Allemands. C'était vrai en partie,
d'ailleurs. Souvenez-vous du journal du 20 août
1944. Ce journal, les neveux l'avaient conservé,
et un jour, ça y est ! ils le montrent à l'oncle. Il lit
le titre à l'aide d'une loupe. Du coup, il croit dur
comme fer que Pétain est prisonnier des Frido-
lins, et là, dans la rue, en cette mi-août 45, il a
pensé, pardi, que c'étaient eux, les Allemands,
qui avaient fini par condamner à mort le Maréchal. Un grand chef ennemi, vous pensez ! Il
était bon pour le poteau. Lucien Cotrelles, ayant
surpris son oncle en uniforme de gardien de
square, son arme à la main, essaie de le maîtriser
et de le désarmer, flairant là quelque chose de
pas catholique. Le vieux s'est mis à hurler et ça
fait un beau chahut dans l'immeuble. Des portes
s'ouvraient... Le neveu et la nièce s'agrippaient

au vieux. Il criait : « Vous m'avez menti ! Vous
m'avez bourré le crâne ! La guerre n'est pas
finie ! Vous vouliez mon magot, hein, tas de
salauds ! Si la guerre était finie, les Boches
n'auraient pas condamné Pétain ! C'est une
honte ! Le traître, c'est de Gaulle ! Il a pris la
place du Maréchal et n'a rien fait pour le
délivrer ! Je suis sûr que les Boches sont toujours
à Paris ! » Il était comme fou furieux. Il a tout de
même pu se sauver, sortir de l'immeuble... Et
quand il a vu *son* officier allemand, rue des
Batignolles, vous pensez, son sang n'a fait qu'un
tour... Venger le Maréchal, c'est tout ce qu'il
désirait, et puis crever, il s'en moquait...

Jubernault, qui venait d'arriver dans la capitale, passait justement par là, dans le quartier.
Descendu de voiture, il se rendait chez lui pour
quitter son uniforme SS et passer des vêtements
à lui, des vêtements civils. Les effets qu'on lui
avait donnés dans le petit village de l'Yonne il
n'avait pas pris le temps de les mettre, pressé
comme il était ! Il avait jeté tout ça sur la
banquette arrière... il était resté habillé en SS...
Et vous parlez que Cotrelles n'a pas du tout
reconnu le dentiste. D'ailleurs, il le connaissait à
peine. En voyant l' « Ennemi », il n'a pas hésité
une seconde, ça n'a pas traîné, vous pensez... Il
l'a abattu d'une balle en plein front, puis il s'est
laissé arrêter par deux gardiens de la paix.

— Il est resté quatre mois dans la cellule 218,
tout près de la vôtre, monsieur Bouéreynard.

Max-Emile Bouéreynard, un des responsables
de la collaboration par voie de presse,

condamné à mort le 3 juillet 1945 par le tribunal
militaire, sa grâce refusée, attendait d'être exécuté. Le gardien Labarrut bavardait volontiers
avec lui car c'était un pays à lui, un natif de
Castres, dans le Tarn. Il venait de lui raconter
l'histoire du vieux Cotrelles, enfermé dans la
cellule 218 de la prison de Fresnes depuis le
15 août 1945.

— Vous pensez, monsieur Bouéreynard,
Jubernault, comme je vous l'ai dit, était un
ancien chef de la Résistance, et on n'a pu
pardonner à Cotrelles de l'avoir exécuté... Et
quand on a su que Cotrelles était un pétainiste
enragé, ça a fait déborder la coupe, comme on
dit... L'histoire inventée par les neveux, les
membres du tribunal ne l'ont pas acceptée, vous
pensez. Ils ont haussé les épaules. Comme
défense, c'était trop énorme. Même l'avocat a
eu de la peine à y croire. Avoir été pour Pétain
mais raconter que c'était parce qu'on croyait
qu'il était à Londres... A d'autres ! Et puis, dans
le quartier, les gens ont lâché les Cotrelles. Ils
n'ont pas voulu témoigner... Les Conquart, les
épiciers, ont même été raconter que, de toute la
rue, l'adjudant était peut-être bien le seul à
avoir été pour Pétain. « Pétainiste, il l'a toujours été ! Même avant guerre. Il avait pris de
l'avance, si vous aimez mieux. Fallait l'entendre
parler de *son* Maréchal, ce vieux chameau-là ! »
Vous savez, quand les événements changent de
cap, beaucoup de gens retournent leur veste
pour l'aérer et on décroche des portraits pour en

mettre d'autres à la place. Je ne vous apprends rien.

— On ne va quand même pas le fusiller? demanda Bouéreynard.

— De Gaulle l'a gracié avant-hier et on l'a transféré à la centrale de Melun. C'est égal, ce vieux-là, s'il avait su, quand il se tapait Verdun, ce qui l'attendait trente ans plus tard... A Melun. A Fresnes, vous comprenez, il faut faire de la place... Cotrelles, de tout ça, il s'en moque. Il sait que pour lui, c'est la fin. Si c'était pour en arriver là, il aurait mieux fait de faire comme tout le monde, de mettre le Maréchal à Vichy et non à Londres. D'ailleurs, il dépérit à vue d'œil. Toutes ces émotions, pour un vieillard... Il a demandé à être enterré près du Maréchal, à Verdun.

— Il ne sait donc pas que...?

— Il croit toujours que Pétain est aux mains des Allemands et que ceux-ci n'ont pas osé le fusiller. Les neveux lui ont raconté — encore un bourrage de crâne, on n'est plus à ça près — qu'une fois mort, le Maréchal serait ramené en France. Son corps serait remis par les Allemands aux autorités françaises. Alors sa première idée, à Cotrelles, ce fut qu'on allait enterrer Pétain à Verdun, vous pensez... Les honneurs qu'on lui devait... Pour 14-18, et d'une, et puis pour 39-45, et de deux. Quelle histoire! C'est pour ça qu'il a demandé que, lui aussi, eh bien, on le mette là-bas quand il serait mort, près de l'Ossuaire, à Douaumont. Ce que c'est que l'attachement à un homme! On lui a dit que la

guerre était finie, bien finie, on le lui a certifié —
le colonel commandant le fort de Châtillon le lui
a même affirmé, récemment — et il ne comprend pas que les vaincus ne libèrent pas Pétain.
Les neveux ne savaient plus quoi lui dire... Et
nous, les gardiens, quand il nous posait des
questions, ce vieux malin, j'aime mieux vous
dire qu'on était plutôt embarrassés ! Ça ! On
préfère le savoir à Melun. Je leur en souhaite,
aux collègues de là-bas !

— Et son magot — d'où est partie toute
l'histoire, d'ailleurs ?

— Oh ! Ce n'était pas de l'argent ! Mais pour
lui, ça valait plus cher qu'un tas d'argent ! Il lui
donnait un prix bien plus élevé... un prix d'or...

— Qu'est-ce que c'était ?

— Une lettre de félicitations de Pétain, écrite
de la main du vieux soldat en juin 1917, et qu'il
lui avait adressée. Les neveux n'en ont même
pas voulu. Ils l'auraient peut-être prise, rien que
pour la vendre à un collectionneur... Mais ils ont
eu peur d'avoir des ennuis... Avec les événements actuels, vous comprenez...

— Moi aussi j'étais pour le Maréchal, dit le
collabo. Mais l'être comme l'a été ce vieil
homme, évidemment, c'était autre chose...

— C'était sûrement mieux, répondit le gardien. Parce qu'il y avait quelque chose *en plus.*

— Ou *en moins,* soupira l'autre.

Dame de compagnie

(Nouvelle parue dans « Libération »
du 21 avril 1979)

Cette journée de printemps s'annonçait agréable. Le soleil inondait Paris et il faisait presque chaud. Laure, une jeune femme belle et élégante, était installée à la terrasse d'un grand café de la place de Villiers. Elle prenait son petit déjeuner : café au lait et croissants chauds. Elle regarda une fois encore l'annonce qu'elle venait de cocher, dans le journal qu'elle avait en mains :

Cherche dame de compagnie, 25 à 40 ans. Présentant bien. Se présenter, 17, avenue des Bleuets. Le Vésinet.

Laure regretta que l'annonce ne mentionne pas de numéro de téléphone. Il lui fallait donc se rendre au Vésinet. Mais elle avait le temps. Elle régla sa consommation et alla chercher un taxi à la station, de l'autre côté du boulevard. Une demi-heure plus tard, elle se trouvait dans une voie calme et déserte — presque la campagne — devant le 17 de l'avenue des Bleuets, un bel hôtel particulier entouré d'un grand parc.

Elle fut reçue par une jeune femme, brune

comme elle, très belle, en tenue de voyage. Des
valises à moitié remplies se trouvaient, çà et là,
un peu en désordre, dans le salon.

— Je suis mademoiselle Héléna, fit la jeune
femme. Je pars présenter des collections. Je
vous laisse la maison.

— Madame sera longtemps absente?

— Je dois m'arrêter dans plusieurs capitales
d'Europe. Mon séjour à l'étranger risque donc
de durer un bout de temps.

Elle donna à Laure — qui faisait l'affaire —
une feuille de papier sur laquelle toutes les
directives étaient inscrites.

— Vous vous en tirerez très bien, j'en suis
sûre. Je vous laisse. Je suis très en retard.

Laure regarda un taxi garé devant la maison et
dans lequel Mademoiselle Héléna s'engouffra
avec ses bagages.

Dame de compagnie, songea Laure. Drôle de
compagnie! Cette maison est bien vide...

La maison était si vide que Laure ne tarda pas
à s'y ennuyer profondément. Quand elle en eut
visité toutes les pièces, quand elle eut parcouru à
plusieurs reprises le vaste parc, de long en large,
elle commença à essayer les robes, les ensem-
bles, les manteaux de fourrure de sa patronne.
A tel point qu'elle finit par se prendre pour la
patronne elle-même. Et Héléna était si loin!
Presque inexistante... Accablée par l'ennui,
Laure décida de partir elle aussi en voyage. La
maison se garderait aussi bien sans elle. Et
Mademoiselle Héléna lui avait laissé une confor-

table somme d'argent. Elle eut une idée. Elle posa une annonce :

Cherche dame de compagnie. 25 à 40 ans. Présentant bien. Se présenter 17, avenue des Bleuets. Le Vésinet.

La blonde Anny se présenta le lendemain matin. Elle trouva Laure en tenue de voyage, portant quelques-uns des somptueux bijoux d'Héléna, deux valises prêtes.

— Je pars en voyage, ma fille. Je vous laisse la maison. Je suis sûre que vous vous en tirerez très bien.

En jouant ainsi à la patronne, elle éprouvait un plaisir délectable. Si Mademoiselle Héléna l'avait vue ! Mais Mademoiselle Héléna ne rentrerait pas de sitôt ! Laure avait largement le temps de faire un petit voyage d'agrément.

— Madame sera longtemps absente ? demanda Anny.

— Je dois visiter plusieurs capitales d'Europe, ma fille. Mon séjour à l'étranger risque donc de durer un bout de temps.

Elle montra à Anny — qui faisait l'affaire — une feuille de papier sur laquelle toutes les directives étaient inscrites. (Il s'agissait, en fait, de la copie pure et simple de la liste qu'Héléna avait laissée à Laure, quelques jours plus tôt.)

— Je vous laisse, Anny ; je suis très en retard.

Laure dit au revoir à sa « dame de compagnie » et monta allégrement dans le taxi qui l'attendait devant la maison pour la conduire à la gare de Lyon.

Dame de compagnie ! songea Anny en regardant s'éloigner le taxi. Tu parles d'une compagnie ! Même pas un chat !...

Dans la grande maison vide, Anny ne tarda pas à se barber à mourir. Elle choisit des parures, des robes et des bijoux laissés par Laure (et par Héléna), les mit, les essaya... Elle s'admira devant une psyché. En patronne, elle se trouvait très bien.

L'ennui la gagna. Elle se dit qu'elle n'avait vraiment pas grand-chose à faire dans cette maison. Elle envisagea très simplement de faire un petit voyage avec une partie de l'argent que Mademoiselle Laure lui avait laissé. Elle fit passer une annonce :

Cherche dame de compagnie, etc. Elle se servit du texte de l'offre d'emploi qui avait retenu son attention, quelques jours plus tôt.

Florence, une jolie rousse, se présenta, une petite valise à la main. Anny était en tenue de voyage. Florence s'en montra quelque peu étonnée.

— Je pars en voyage, mon petit. Je vous laisse donc la maison.

— Et s'il vient quelqu'un, madame ? Qu'est-ce que je dis ?

— Oh ! Il ne viendra personne... Il ne vient jamais personne, dans cette maison... Dites que Madame est en voyage, voilà tout.

— Bien, madame.

Pourvu que cette fille n'ait pas la même idée que moi, se dit Anny. Partir... et engager quelqu'un !... Oh, non... Elle a l'air bien trop noix...

— Je vous laisse, Florence. Je suis très en retard.

Florence regarda s'éloigner le taxi qui emmenait « Madame ».

Florence s'ennuya, elle aussi. Pas de visites. Une maison vide. Un beau parc, mais désert — et presque triste. Un petit voyage lui changerait les idées. Elle mettrait quelques-uns des vêtements luxueux laissés par sa patronne, prendrait quelques bijoux et de l'argent (on lui avait remis une somme confortable). Mais abandonner la maison vide ? Non, pas prudent. Elle posa une annonce : *Cherche dame de compagnie.*

Marie-Anne se présenta pour voir la « patronne » (Florence) s'en aller en voyage.

Quelle compagnie ! se dit Marie-Anne. Elle ne tarda pas à s'ennuyer et songea à partir faire un petit voyage. Elle était sur le point de poser une annonce pour engager une dame de compagnie quand un télégraphiste lui apporta un petit bleu : *Madame rentre incessamment.*

Zut ! Pas question de partir, se dit-elle.

Le soir même, Florence rentrait. Elle renvoya Marie-Anne en lui disant que, toute réflexion faite, elle n'avait plus besoin d'elle. Marie-Anne s'en alla un peu surprise.

Florence quitta sa robe, sa parure, enleva ses bijoux et se rhabilla en dame de compagnie. Il était temps. Elle se dit qu'elle avait bien fait d'écourter son séjour à Cannes : elle venait de recevoir un télégramme : *Madame rentre.* Elle se remit prestement dans sa peau de cameriste, fit un peu le ménage et attendit. Le lendemain matin, Anny arriva. Et renvoya Florence un peu surprise.

Anny reprit sa tenue de dame de compagnie, reçut un télégramme *Madame rentre,* remit un peu d'ordre dans la maison. Laure rentra, le visage halé par le soleil des îles Canaries. Elle congédia gentiment Anny. Puis réintégra sa peau de dame de compagnie, à temps puisqu'un télégramme l'avertit que « Madame rentrait incessamment ». Et Héléna rentra.

— Je ne peux pas vous garder, Laure. Vous avez veillé sur la maison, c'était parfait. Voici pour vos gages. Personne n'est venu ?

— Non, madame.

Héléna regarda avec insistance le visage bronzé de Laure. Elle s'en étonna un peu mais ne chercha pas à comprendre. Elle se dit que son employée avait dû prendre quelques bains de soleil dans le parc, il avait fait très chaud.

Laure s'en alla. Un télégramme arriva avenue des Bleuets. *Madame rentre.* Clothilde arriva. Renvoya Héléna. Télégramme. *Madame rentre.* Irène arriva. Renvoya Clothilde. Irène ne serait renvoyée par personne. Elle ne recevrait pas de télégramme. Elle était sûre d'elle, savait que « *Madame ne rentrerait pas* ». Elle alla dans le placard aux balais, enleva une plaque d'isorel et regarda le cadavre de Madame, assassinée et embaumée.

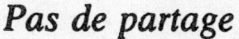

Pas de partage

(Nouvelle publiée dans « Mystère Magazine »
en novembre 1971)

Pierre qui roule n'amasse pas mousse. Là, dans ce bistrot à la sortie d'Orléans, au bord de la Loire, sur la route de Blois, je médite devant mon verre de pinard sur ce proverbe de vieux qui me faisait sourire il y a quinze ans, mais qui, aujourd'hui, je dois l'avouer, me cloue plutôt le bec. J'en suis venu à admettre que, dans cette petite phrase, il y a, hélas! beaucoup de vrai. Pourtant, combien ont amassé une fortune en bourlinguant, changeant de ville comme de chemise, toujours en train de cavaler, atteints d'une bougeotte incurable! Moi, peau de balle. Parti de 46 de chez mes chers parents, d'Orléans, j'y reviens en 61 avec rien de plus en poche que le jour de départ. Si, pourtant, je ramène quelque chose : une trogne couperosée d'alcoolique, des valoches sous les yeux à trente-trois ans, une bonne maladie de foie et un casier judiciaire mentionnant une condamnation à six mois de taule pour tentative de vol à main armée.

Drôle d'histoire. Foutue période que ces

quinze années. Parti à dix-huit ans de chez papa
et maman, où je n'étais pas trop malheureux —
mon père ne roulait pourtant pas sur l'or — avec
l'espoir de m'enrichir en courant à travers le
monde, me revoici à mon point de départ,
toujours pauvre mec.

En principe, la maison paternelle doit toujours se trouver un peu en dehors de la ville, sur
la route de Cléry. Mais, si ça se trouve, mes
vieux ont disparu de cette planète et la baraque
est maintenant habitée par des étrangers. Comment le savoir ? Après mon départ, je n'ai donné
de mes nouvelles à mes proches que pendant six
mois, puis plus rien. A l'époque, mon paternel
travaillait comme dessinateur projecteur dans
les bureaux d'études d'une usine de prototypes
aéronautiques édifiée pour les besoins de la
défense nationale ; ma mère restait à la maison
et était en assez mauvaise santé. J'étais fils
unique, et ma foi, sans être riches, nous n'étions
pas malheureux et ne nous privions pas. C'était
la bonne petite médiocrité dont s'accommodent
la plupart des gens.

Je revois mon père : un petit type rondouil-
lard au visage rougeaud, un peu effacé, discret,
qui travaillait sans relâche ; sans aimer ma mère,
il s'était habitué à elle. Son grand regret, fort
souvent exprimé, était de n'être pas devenu
ingénieur ; la maladie et la précarité des moyens
financiers de sa famille y avaient certainement
été pour quelque chose, mais les faits étaient là.
Il avait aménagé dans le sous-sol de sa maison
un atelier de dessin où il s'enfermait durant des

heures ; je le soupçonnais de s'y livrer à des recherches techniques sur l'aéronautique qui devaient être pour lui une passion.

Qu'était-il devenu, ce vieux pantin ? J'allais le savoir sous peu. Je vidai mon verre de rouge, payai et sortis du café. Je pris mes jambes et, en longeant la Loire, me dirigeai sur Saint-Pryvé, où, si rien n'avait bougé, devait se trouver la baraque paternelle.

Je ne reconnus pas la rue. Beaucoup de choses avaient changé. La voie était beaucoup plus animée qu'en 46 et de nombreux magasins y avaient été installés. Le coin n'avait plus guère son allure provinciale de jadis.

Lorsque j'aperçus la maison, je ne ressentis pas la moindre émotion. En quinze ans, j'en avais vu d'autres. Ce n'était tout de même pas le fait de retrouver après quinze années d'absence la baraque paternelle où j'avais passé mon enfance et mon adolescence qui allait me mettre la larme à l'œil !

Si les vioques étaient encore là, comment allaient-ils m'accueillir ? Pourquoi chercher à les revoir, après tout ? Simple curiosité, instinct du chiot rentrant au bercail ? Une idée avait pourtant germé dans ma tête : durant mon absence, mon vieux, en travaillant dur, avait peut-être amassé un peu de fric... Et comme j'étais son fils unique...

En remontant la rue, me dirigeant à pas lents vers la maison, je calculai que mon paternel ne devait pas être loin des soixante-dix ans. Et si ce n'était déjà fait — si mes souvenirs étaient bons le père Archaut était de santé délicate — il ne devrait pas tarder à faire le grand saut. Dans cette hypothèse, je pourrais peut-être ramasser un peu de pognon. J'étais sans ressources, tous les « amis » m'avaient laissé tomber, et la perspective de marner comme O.S. ou chauffeur-livreur pour soixante-dix ou quatre-vingts tickets par mois ne me faisait pas danser la gigue.

Du fric. Le père Archaut s'était-il un peu remué la couenne, durant ces quinze années, pour amasser un petit magot ? Allais-je reconnaître que, tout compte fait, le vieux n'était pas si empoté que je le croyais à l'époque de mon départ ?

J'arrivai devant la maisonnette. Je regardai machinalement les fenêtres ; elles étaient fermées. Au premier étage, sur la droite, se trouvait ma chambre où, peu avant ma fuite, solide gaillard de dix-sept ans faisant le désespoir de ses parents, n'ayant pratiquement pas fait d'études, sans diplômes, ne voulant rien foutre de mes dix doigts, je restais des journées entières, affalé sur mon plumard à lire des illustrés ou des romans policiers. Puis un beau matin — ça m'avait pris subitement — j'avais fait ma valise et je m'étais taillé.

Je sonnai et la porte ne tarda pas à s'ouvrir. Une femme qui pouvait avoir dans les soixante berges apparut. Ce n'était pas ma mère. (Je l'aurais tout de même reconnue !)

— Monsieur, vous désirez ?

— Je ne suis pas chez M. Archaut ?

— Ah non... Vous êtes chez M. Aubourdel.

(Elle rit sottement.) M. Archaut n'habite plus ici depuis 1951... Forcément, il a dû s'agrandir...

Forcément... S'agrandir... Qu'est-ce que ça voulait dire ? Pour moi, ça sentait plutôt bon.

— M. Archaut vit donc toujours ?

Elle rit une fois de plus. Enfin quelqu'un que ma binette faisandée amusait un peu.

— En principe, oui, il est toujours de ce monde... Enfin, je l'espère pour lui. (Nouvelle marrade.) Maintenant, il est à Orvets. Sur la route de Pithiviers... Dans son manoir...

De quoi ? Son manoir ! Vingt Dieux, tout cela sentait de plus en plus le fric...

— Je suis le fils de M. Archaut..., dis-je en allumant une cigarette.

— Le fils ? Il a donc un fils ? Il ne nous en a jamais parlé...

Bien sûr ! La honte de la famille ! Secret absolu.

La femme me regardait avec des yeux ronds comme des têtes de clou de tapissier :

— Vous comprenez, nous ne sommes pas tout à fait d'ici... Nous habitions Châteauroux, et ma foi...

C'est ça, mémère. L'adresse du père Archaut, et en vitesse.

Nanti de l'adresse — le manoir des Sept Chênes, crédié ! — je pris un car qui me déposa à Orvets, à quinze bornes au nord d'Orléans, tout près de la forêt.

Le soir tombait. De gros et vilains nuages sombres, gonflés de pluie d'automne, pesaient sur le paysage comme des outres crasseuses.

Orvets. Un petit bled tranquille. La paix champêtre. Je demandai à un type qui poussait une
brouette où se trouvait le manoir des Sept
Chênes.

— Vous suivez ce chemin et vous tournez à
droite, après ces frênes...

Merci mon gars. Et, au pas de chasseur, je
fonce vers le manoir.

Une lourde grille, rouillée — je n'aime pas ça
— que je pousse. Elle est branlante. (J'aime
encore moins ça.) Ici, ça fait pas un pli, n'importe quel trimard peut entrer pour visiter les
lieux. Un parc sauvage avec des herbes hautes
comme mes bras, aussi entretenu que le pubis
d'une guenon — j'aime de moins en moins ça —
et au bout d'une allée — disons plutôt un sentier
— le manoir. Pour être déçu ! Vraiment pas de
quoi se relever la nuit ! J'ai sous les yeux une
baraque d'un aspect plutôt rébarbatif à la façade
délabrée avec, çà et là, quelques carreaux cassés
aux fenêtres et un perron à l'escalier complètement disloqué...

Un manoir, d'accord. Mais *quel* manoir ! Tout
compte fait, je préférais la baraque proprette
d'Orléans.

Nullement intimidé, mais tout de même un
brin anxieux, je sonnai à la porte.

La lourde ne tarda pas à s'entrebâiller et une
petite figure ronde apparut. La porte s'ouvrit
complètement. Ce gnome chauve, aux pommet-
tes rouges et aux yeux miteux, vêtu d'une robe
de chambre cracra était donc mon père ? Il avait
changé. Pour avoir pris un coup de vieux !... Il

me reluqua un bon moment, puis, fronçant les
sourcils, balbutia en portant une main à l'emplacement de son cœur :

— C'est toi ?... Toi ?... Roger...

Il m'avait reconnu.

— Eh oui, c'est Roger. Bonjour papa.

Je pris ce petit bout de vieux dans mes bras et
l'embrassai du bout des lèvres sur une joue.

Nous entrâmes dans la maison. Ça puait le
renfermé et on y sentait une humidité tenace.
Subitement, mon paternel pâlit et tomba le
derrière dans un fauteuil. D'un bras anormale-
ment agité, il me désigna, sur une table, un
verre, une carafe d'eau et une fiole de médica-
ment.

Je ne suis pas particulièrement vif d'esprit,
mais, du premier coup, je réalisai que mon père
souffrait du palpitant.

*

23 heures.

Depuis 5 heures que je suis chez mon père,
j'en ai appris ! J'ai la tête complètement farcie.
Dieu qu'il est bavard ! Beau joueur, il m'a
accueilli comme si je n'étais jamais parti. Il m'a
pardonné. J'ai voulu tenter ma chance ? Eh
bien, ma foi, j'ai très bien fait. Mais pourquoi,
bon sang, n'ai-je point donné de mes nouvelles à
mes parents ? Ils se sont fait un mauvais sang du
diable et ma mère ne s'en est jamais consolée ;
elle en est même morte ; elle s'est éteinte en 49

— un sale truc dans le ventre — sans m'avoir jamais revu.

A vingt-trois plombes et quelques minutes, on est encore à table. Le gueuleton des retrouvailles. On a pris le café — enfin, moi j'en ai pris ; mon père s'est fait une tisane — et, à présent, je déguste une eau-de-vie de derrière les fagots. On s'est bien tapé la cloche — moi surtout — on a fait honneur à un dîner de première communion préparé et servi par une voisine, une vieille bonne femme ratatinée qui sert de servante à mon père. Pour la jaffe, la pécore est championne, mais en ce qui concerne le ménage, j'ai la nette impression qu'elle en a encore à apprendre. On ne peut dire que, vu de l'extérieur, le manoir soit très jojo, mais, à l'intérieur, dites donc, c'est vraiment la baraque la plus malpropre où j'ai mis les pieds depuis bien des années. Sans être celle du pipi de chat ou de la petite fille qui se néglige, on ne peut pas dire que l'odeur qui règne ici — vieux chiffons, meubles moisis, crotte de je ne sais quoi, je ne vois pas au juste — flatte particulièrement la narine. Mon père semble un peu désabusé et ne prête aucune attention à cette atmosphère de laisser-aller et de décrépitude.

Il vit chichement, le père Archaut, et le dîner de ce soir doit vraiment être une exception. Il y a quinze ans, le vioc était déjà radin, mais je crois que, de ce côté-là, il ne s'est guère arrangé. Je lui ai raconté en gros mes quinze années de traîne-savate, en ayant soin de faire le silence sur mes six mois de prison, en exagérant mes prouesses guerrières en Asie — j'ai fait onze mois en Corée — jusqu'à les lui présenter comme des actes d'héroïsme tels qu'on n'en a pas vus depuis l'époque de Napoléon. Il m'a écouté religieusement avec un parfait regard d'abruti.

Puis il m'a parlé de lui. En 47, il a décroché un diplôme d'ingénieur en aéronautique. A cinquante-six ans ! Tenace comme un crabe, il est arrivé à ses fins. Il a quitté l'usine d'Orléans pour entrer au centre d'essais aéronautiques de Salon-de-Provence. Il a acheté une maison dans la région et y a résidé pendant quelques années. Après la mort de ma mère, cette existence assez indépendante lui a été facile... Il n'a laissé tomber l'aviation que trois ans plus tôt, en 58, son cœur — il m'a parlé de son viscère durant tout le plat de résistance comme si c'était là son seul trésor — lui jouant des tours. Il ne doit pas se fatiguer — pas trop de marche, pas de tabac, pas d'alcool, pas d'émotions — et a intérêt à roupiller douze à quinze heures par jour comme un bébé.

Le père Archaut me parle de mes copains d'enfance. J'apprends que l'un d'eux, nommé commissaire de police, exerce ses fonctions à Blois ; un autre, devenu électronicien, s'est installé au Canada, un troisième, assassin d'un chauffeur de taxi, en 49, à Paris, a été guillotiné...

On s'entretient de Pierre et de Paul... Tout ceci est bien joli, mais pourquoi, au juste, mon

paternel a-t-il fait l'acquisition de ce manoir qui
tombe en ruine ?

— Je voulais avoir un bureau d'études sous la
main, tu comprends... J'ai acheté ce manoir
pour une bouchée de pain... Certaines pièces
furent transformées en bureau et quatre dessina-
teurs venaient travailler ici... On a fait du très
bon travail...

Bravo ! Mais est-ce que tout cela l'a enrichi ?
Ça n'en a pas du tout l'air et j'ai comme
l'impression que je ne vais pas tarder à quitter le
vieux une seconde fois, et là définitivement.

— En tout cas, de te crever pour l'aviation,
on dirait que ça ne t'a pas tellement enrichi...

Il a un fin sourire, me remplit mon verre
d'eau-de-vie :

— Détrompe-toi, Roger.

Vite ! Raconte, papa ! Tu m'intéresses ! C'est
pas possible ? Et tu vis dans cette masure qui
sent le vieux pansement ? Alors, quoi, t'es radin,
d'accord, mais tout de même, tu le mets où, ton
fric ? T'as pas une lessiveuse comme les pécores,
par hasard ?

— J'ai l'air de rien, comme ça..., bien sûr...
Oh ! tu sais, Roger, moi, l'argent... Je suis fini...
Pour ce que la vie a de tellement intéressant,
arrivé à mon âge...

Il est parfait, cet homme. Il prétend avoir de
l'argent. J'arrive, moi, fils unique. Absolument
correct, plein de savoir-vivre, il est cardiaque.
Mais s'agit-il d'un paquet d'économies ou...
d'une *fortune* ?

Il raconte tout au compte-gouttes ! Faut le

laisser souffler, d'accord — son palpitant —
mais qu'il ait un peu pitié de moi ! Il n'a
vraiment pas l'air de réaliser que c'est justement
pour du fric que je suis revenu le voir.

— Qu'est-ce que tu fais ? De quoi vis-tu ?
Je me frotte le menton :

— Eh bien... je bricole. Dans le commerce.

— Tu voyages sans bagages, comme ça...

— Bah... Bah oui.

— Alors comme ça, tu es dans le commerce.

— Oui. Et... Et j'aimerais m'établir. A mon
compte.

Un bon rire de circonstance :

— Mais sans capitaux au départ, tu sais...
Après m'avoir servi un nouveau verre de
goutte, il a lâché la plus belle phrase de toute la
soirée :

— Tu as fait le zigotto... Tu es parti comme si
tu avais le feu au derrière, à tel point que,
pendant un bon bout de temps, ta mère et moi
nous sommes demandé si tu n'avais pas fait une
bêtise avec une fille... Mais tu étais jeune. Je ne
t'en veux pas. Je ne t'en ai jamais voulu. Tu es
tout de même mon fils, tu peux me croire, je ne
l'oublierai pas. Tu hériteras de moi et, tiens-toi
bien... Bois un coup... Là... A ma mort, tu
toucheras cent millions.

Que répondre à cela ? Mon père n'a jamais eu
la réputation d'être un farceur ou un sinoque. Je
me suis retenu pour ne pas lui sauter au cou. Il
aurait trouvé bizarre, c'est sûr, de me voir
déborder de joie cinq heures *seulement après*

m'être retrouvé auprès de lui au bout de quinze ans.

Je le détaillai du regard : Brave *cœur*.

Combien de temps tiendrait-il le coup ?

Fallait tout de même pas s'emballer. Où avait-il gratté tout ce pognon ? Ç'avait été gagné honnêtement, au moins ? En quelques phrases, il éclaira ma lanterne : devenu ingénieur, il avait trimé dur pour l'aviation et déposé un brevet de turbine électrique qui, acheté par les Américains — toujours eux ! — avait déclenché une petite révolution technique sur le plan des moteurs d'avion et lui avait rapporté une fortune.

Turbine électrique ? Moi, je veux bien. En mécanique aéronautique, j'y connais que dalle, mais... il était riche. J'avais vraiment pas perdu mon temps en ramenant ma pomme dans le secteur.

J'avais eu tort, étant gosse, de me payer sa tête quand je le voyais s'enfermer pour des heures — pour des journées entières, parfois — dans son bureau d' « études ». Je devais admettre aujourd'hui qu'il n'y avait pas perdu son temps et que, sans avoir décroché la lune, il avait tout de même fait son beurre et ne terminerait pas sa vie comme le raté dont il avait pourtant l'allure.

Ingénieur ! Apporter quelque chose de nouveau, d'utile, de sensationnel à l'aviation, ç'avait été le rêve de toute son existence. Il y était arrivé et, avec son air de ne pas y toucher, il avait réussi à arracher cent briques aux Amerlocs !

— Tu as un bon traitement, pour ton cœur ?

Instinctivement, il porte une petite main fripée à l'emplacement du viscère qui nous préoccupe tant, tous deux, mais pour des raisons diablement différentes :

— Je dois faire attention, mener une vie calme... Mais, d'après le docteur Courteau qui est mon ami et qui me soigne depuis trois ans, je peux tenir le coup assez longtemps.

J'aime moins cela. Prétendre que cette petite phrase a gâché toute la soirée serait beaucoup dire, mais ça ne l'a pas fait sombrer dans la gaieté. J'ai piqué un nez long comme le bras dans ma soucoupe où traînaient des reliefs de frometon. J'étais pas content. Pas moyen de cacher mes sentiments ; pas étonnant que j'aie perdu tant de fric en jouant au poker.

— Ne fais pas cette tête-là, Roger... Je ne suis pas encore mort. Courteau est un excellent toubib et le traitement qu'il m'a prescrit est très efficace... Donc, rassure-toi.

Après tout, j'ai attendu quinze ans, je peux bien poireauter deux ou trois ans encore. Il faut être correct. Le docteur Courteau ne va tout de même pas sucer comme ça le fric de son client pendant cent sept berges ! On veut bien rigoler un peu, mais il faut savoir s'arrêter à temps.

La vieille voisine qui sert de bonniche à mon père m'a préparé, avant de partir, une chambre au premier étage du « manoir ». Au moment de nous séparer, mon père m'a prévenu qu'il ne se lèverait guère avant midi. Si je ne savais pas

quoi faire, je n'aurais qu'à me promener dans le
« parc » et visiter la maison.

Je ne m'endormis pas tout de suite. J'avais
bien bouffé et bien bu, et d'habitude, quand je
m'en suis mis plein la brioche, je suis plutôt
prédisposé au roupillon. Mais, présentement, la
situation était inédite ; on ne m'avait encore
jamais fait miroiter la rondelette somme de cent
briques. Ça demandait à réfléchir. Cent millions
1961. Combien de temps tiendrait-il le coup,
avec son cœur ? Là était la question épineuse ; je
n'allais tout de même pas attendre indéfiniment.
Cent unités. J'allais pouvoir me mettre au vert et
vivre à ne rien foutre. Une telle somme, ce
n'était pas la fortune de Rockefeller, d'accord, et
si j'en palpais le double je ne tomberais pas en
syncope, mais c'était tout de même un confortable petit magot. Evidemment, si, une fois en
possession de ce fric, je me mettais à acheter une
belle baraque dans le Midi, une ou deux bagno-
les américaines, quelques hectares de terrain,
quelques broutilles par-ci, par-là, si la lubie
d'engraisser quelques frangines me prenait, on
ne peut pas dire qu'il me resterait de quoi jouer
au pacha. Je devrais simplement me montrer
prudent, et je n'avais encore pas touché ce fric
que je raisonnais déjà comme un bon père de
famille établissant son budget mensuel !

Vers deux heures du matin, me taraudant
encore l'esprit avec cet héritage en perspective,
je ne dormais toujours pas. Je tendis l'oreille. La
maison était silencieuse. Pas un bruit. Pas même
celui — si important — du cœur de mon

testateur qui, grâce aux bons soins du docteur Courteau, continuait tranquillement son petit battement régulier, ce battement qui n'allait pas tarder à m'exaspérer souverainement.

Le lendemain matin, levé vers neuf heures, je pris mon petit déjeuner préparé par la bonniche, puis me mis à flâner dans le parc sauvage. Son étendue était assez vaste ; à force de fureter, je finis par découvrir une vieille forge qui, désaffectée, semblait avoir été transformée, d'une façon quelque peu rudimentaire, en atelier de ferronnerie. Je repérai, au fond du bâtiment, un four assez profond qui, d'après les traces que je décelai, devait continuer à servir de temps à autre.

Je flânai encore un peu, puis, me barbant à cent sous de l'heure, je décidai de me rendre un peu utile en sciant du bois. Au bout de vingt minutes, j'étais en eau et épuisé. J'envoyai balader la scie, remis ma veste et me dirigeai vers la maison. J'entrepris la visite de cette masure qui cocotait le vieux cafard. Dans le bureau de mon père, je vis, sur les murs, des photographies de prototypes de moteur et des portraits d'aviateurs célèbres — Guynemer, Codos et Rossi, Blériot et d'autres — dont mon paternel, abruti par son dada, devait avoir fait ses idoles. Après tout, c'était son droit et je m'en battais l'œil. Je reconnus sur un meuble mon portrait dans un cadre ovale, me représentant en premier communiant.

Ce fut dans un tiroir de bureau — que je tirai

sans but précis — que je tombai sur une photo
de femme.

Dix-huit ans. Peut-être vingt. En tout cas, pas
plus de vingt-deux. Très jolie. Vraiment une
belle gueule. A croquer. C'était signé Doris. Je
réfléchis quelques secondes. Etait-il possible
que le père Archaut, avachi, croulant, craspec,
cardiaque, se payât cette chouette môme ? Etant
plus jeune, je n'avais jamais pensé que mon père
pût avoir des maîtresses, mais aujourd'hui que
je me posais la question — et en songeant que le
vioc avait soixante-dix berges — je trouvais la
chose proprement indécente. Puis, j'allai plus
loin dans mes réflexions : évidemment, il avait
du fric et ce n'était sûrement pas pour son cœur
flagada ou pour son crâne déplumé et ses yeux
miteux que cette fort jolie fille devait s'intéresser à lui. Je regardai encore la photo. Il était
impensable que le corps de la môme ne fût pas
au diapason du minois. Elle lui pompait son blé,
pardi, à ce vieux crétin-là ! Mais, désormais,
ç'allait devoir changer parce que, à partir d'aujourd'hui, ce pognon était à moi. Toute
mignonne qu'elle était, cette nana devrait au
plus vite aller se rhabiller et se mettre en quête
d'une autre poire juteuse. Pas de femmes pour
papa ; à cause de son cœur. Il était impossible
que le docteur Courteau ne lui ait pas interdit la
bagatelle, même bénigne ; ça fatigue toujours.
C'était sûr, mon père n'allait certainement pas
jusqu'à faire des galipettes, le cochon pendu ou
les reins cassés avec la souris, mais il n'en restait
pas moins que les petites « fantaisies » de vieil-

lard qu'il devait s'offrir à des tarifs probablement exorbitants ne lui arrangeaient pas le palpitant. Hé !... Hé !... Il y avait une idée, là. Compter sur la fille pour... Non. Tout bien pesé, cette mort façon « Félix Faure » coûterait beaucoup trop cher.

Le toubib savait-il que mon père se payait une jeunesse ? Certainement pas, et, dans cette hypothèse, je me ferais un devoir de l'en informer à la première occasion, discrètement mais efficacement. Cette Doris, à voir sa frime, devait coûter un pognon fou au père Archaut.

Je replaçai la photo dans le tiroir, et continuai à explorer la maison qui, de pièce en pièce, sentait de plus en plus le renfermé.

Mon père se leva vers midi. Au saut du lit, il avait l'air encore moins frais qu'au coucher. La fille ne devait pas être dégoûtée. Venait-elle ici, dans cette baraque à l'odeur de nid à rats ? Je n'imaginais guère le père Archaut se rendre à Paris ou ailleurs pour y faire la noce. En ce cas, ma présence allait sans doute, tôt ou tard, le gêner.

Quelques jours s'écoulèrent.

Je m'étais rendu à Orléans me recueillir sur la tombe de ma mère. Ces choses-là se font.

Je passais mon temps à glandouiller dans le parc ou à bouquiner dans un fauteuil du salon. Je trouvais le temps vraiment long. Bientôt, mon père me demanda si je comptais rester longtemps chez lui. A cause de la fille, tiens ! Diable ! Ça le travaillait, ce vieux pourceau ! Il devait se demander comment il allait pouvoir

recevoir la nénette à mon insu. Le vieux dégoûtant en avait les yeux brillants, à moins que ce ne
fût de fièvre. Je n'allais certes pas prendre racine
chez lui. Je lui racontai que, m'étant escrimé au
boulot ces derniers temps, j'avais grand besoin
de repos et que, ma foi, l'endroit étant assez
calme... Il ne voyait aucun inconvénient à ce que
je reste et, à ma grande surprise et à ma non
moins grande satisfaction, il m'invita à demeurer
chez lui trois ou quatre mois si cela me chantait.

Qui était donc cette fille ? Une ancienne
connaissance, quelqu'un qu'il ne voyait plus
mais dont, attendri, nostalgique, il mettait la
photographie sous globe ? Quelque maîtresse du
temps passé, difficile à oublier ? Je ne tardai pas
à l'apprendre.

Un soir, mon père eut une crise cardiaque, et
je dois dire qu'en voyant son visage blafard et
ses yeux révulsés j'eus un drôle de sentiment
d'espoir ; sans me presser, je téléphonai au
docteur Courteau. Le toubib s'amena dans sa
2 CV un quart d'heure plus tard.

Il diagnostiqua, sans plus, une crise importante — il en savait des choses, ce mec ! — mais
ne cacha pas à son client et ami que, cette fois,
l'alerte était des plus sérieuses. Le père Archaut
devait se reposer absolument.

Ce qu'il fit. Je l'observai. Il alla chez le
notaire, qui créchait en haut d'Orvets dans la
plus belle maison du pays. J'appris que mon
père s'était rendu à l'étude afin de mettre ses
affaires en ordre. Il ne se faisait pas d'illusions ;
il s'estimait au bout du rouleau. Cependant,

d'après le toubib que j'avais rencontré en cachette, il pouvait très bien vivre comme cela pendant quelques années encore s'il faisait très attention. « Le cœur malade..., c'est un peu une loterie », m'avait dit l'homme de l'art. Ce régime de douche écossaise commençait à m'agacer sérieusement.

Mais mon père, lui, de son côté, était plutôt pessimiste ; c'est pourquoi, un après-midi, il me fit venir dans son bureau.

Il tira la photo de la greluche de son tiroir et la posa sur la table :

— J'ai quelque chose d'important à te dire, Roger... Tu sais, la crise de l'autre jour m'a ouvert un peu les yeux... Et je tiens à régler certaines affaires, de peur d'être pris de court. Avec le cœur, c'est du rapide.

Ça, je le savais, et, en mon for intérieur, j'ajoutai : « Heureusement. »

Il poussa la photo vers moi :

— Regarde cette photo. Qu'en penses-tu ?

Je fis semblant d'examiner le portrait que je connaissais déjà.

— Elle est très jolie... Do-ris...

Je demandai en lui rendant le cliché :

— Qui est-ce ?

— C'est ta sœur.

— Quoi ?

Le père se gratta le nez, l'air un peu embêté :

— Enfin..., ta demi-sœur.

Ça n'allait plus du tout, cette histoire-là ! Quoi, j'avais une demi-sœur, moi ?

— Ça veut dire quoi, au juste, ça, papa ?
C'est une blague ?

— Pas du tout, Roger. Je ne voulais pas t'en
parler... Mais, sentant la fin venir, je préfère
que tu saches tout. Et puis, c'est un secret de
famille... Donc, ça te regarde. Voilà. Lorsque tu
es parti, j'avais une maîtresse... depuis quatre
ans... J'ai honte de l'avouer... mais je l'aimais
plus que ta mère. Elle était jeune, très belle...
Elle travaillait à l'usine, dans les bureaux...
Trois ans avant ton départ, elle m'avait déjà
donné une fille... que je reconnus et qui a
aujourd'hui dix-huit ans. Voici sa photo.

J'étais plutôt abasourdi. Comme révélation,
c'était corsé ! Le père Archaut avait l'air de la
moule intégrale, mais, dites donc, il ne fallait
pas s'y fier : en un peu moins de vingt ans, avec
sa bedaine, sa bouille rouge, son crâne chauve,
ses yeux miteux, il vous donnait une fille natu-
relle, jolie comme un cœur, un brevet technique
formidable et cent millions !

— Mais enfin... où vit-elle, cette sœur...
Enfin, cette fille ?...

— Elle vit en Angleterre, où elle a été élevée
et éduquée dans une institution pour jeunes
filles françaises, à mes frais. Depuis sa naissance, je l'y ai vue une fois par an. C'est près de
Brighton. Notre dernière rencontre remonte à
trois mois, en juillet. Elle est très jolie, très
douce, tu sais... Elle parle français de façon
admirable...

— Et... sa mère ?

— Sa mère est morte un peu plus de quatre

ans après sa naissance. Accident de voiture. J'ai
envoyé l'enfant en Angleterre. Doris est ma
fille..., et je l'aime profondément.

Ouais, ouais. Je te vois venir, vieux schnock.
Tu l'aimes, mais dis donc, moi je suis ton fils et
faudrait voir à voir à ne pas lui donner trop de
fric à celle-là. Elevée en Angleterre, dans une de
ces boîtes pour jeunes filles de la haute, on
connaît ça ! Ça se paie cher la bonne éducation,
les études et tout le tralala.

Je venais d'apprendre que j'avais une demi-
sœur et ça m'avait secoué un brin, mais ce que
j'allais entendre allait certainement me marquer
pour le restant de mes jours :

— C'est donc ta demi-sœur..., insista lourde-
ment papa Archaut. Je voulais te le cacher. Mais
à quoi bon... Elle est actuellement en route pour
la France... Elle effectue son premier voyage
important, toute seule, comme une grande.

Le vieux salaud ! On y était ! Allait-il m'annoncer à présent qu'il comptait trois ou quatre
bâtards, à droite et à gauche ?

— Inquiété par ma dernière crise, j'ai prié
Doris de venir ici au plus vite. J'ai télégraphié.
En principe, elle devrait être ici ce soir.

Il se mit à débloquer sur sa fille. Elle était
comme ceci, elle était comme cela... Elle est
merveilleuse... Si tu la voyais... Etc. J'en avais
les oreilles en feu. Le vieux m'atterrait. Quand il
parlait de sa Doris, il en avait plein la bouche, et
je dois dire sans exagérer que, en l'évoquant, il
avait presque la larme à l'œil. Puisqu'elle était sa
fille et qu'il semblait l'aduler, il ne faisait pour

moi aucun doute qu'il l'avait, elle aussi, couchée sur son testament. Si ça se trouvait, elle allait même palper une plus grosse part que moi ! Il n'y avait pas à tourner autour du pot. Je tenais à être fixé sur-le-champ :

— Puisqu'elle est ta fille, je ne pense pas que tu l'aies oubliée en établissant ton testament ?...

Il sursauta imperceptiblement. La question — peut-être un peu trop directe ? — semblait l'avoir surpris et — je n'en étais pas sûr, mais j'étais tout de même prêt à le parier — l'avoir pris de court. Il fit une sorte de grimace indéfinissable avec ses lèvres et j'en déduisis que sa langue, un peu affolée, devait tourner dans sa bouche.

— Euh... Oui, bien sûr, Roger.

Naturellement ! Et ça l'enquiquinait de me l'apprendre. La déception et la hargne devaient se lire sur mon visage pour qu'il éprouvât tant de scrupules à m'avouer que, au lieu d'empocher son magot, je devrais faire fifty-fifty avec cette greluche.

Je m'efforçai de me composer un faciès d'homme raisonnable :

— C'est bien normal... puisqu'elle est ta fille.

Vite, la question cruciale :

— Et elle aura la moitié des cent millions ?

— Euh... non. Non, Roger. Je t'ai dit que tu aurais cent millions, tu auras cent millions.

— Alors qu'est-ce qu'elle aura, elle ?

— Euh...

J'en avais marre de ses « euh »... J'avais l'impression d'avoir devant moi un idiot de village. Il n'avait qu'à parler, bon sang ! je n'allais pas le bouffer.

— Elle en aura autant.

La vache ! Il avait donc deux cents millions à gauche !

Chacun cent briques. Il ne me laisserait donc *que* la moitié de sa fortune, à moi, son fils *unique ?* Pour être vicelard, le coup était plutôt vicelard ! Comment ! J'avais l'occasion — l'espérance — de palper le double de ce que j'escomptais jusqu'alors et il me faudrait, une fois le vieux clamcé, partager cette galette avec une nana que je ne connaissais ni d'Eve ni d'Adam ? Pas de ça, Lisette ! L'Angliche irait se rhabiller et se faire voir par qui elle voudrait, mais ce n'était pas moi qui lui laisserais rafler un seul centime d'une fortune qui me revenait de droit, et intégralement ! Le vieux se faisait du cinéma en couleurs. Après tout — hé oui ! — rien ne prouvait que cette Doris était sa fille. La fameuse maîtresse avait très bien pu le mener en bateau.

Chacun cent millions.

Mon père avait l'air de plus en plus gêné. Etait-ce la bouille que je devais faire qui le plongeait dans un tel état ? Visiblement, il se rendait compte que je n'étais pas content.

— J'espère que tu feras un bon accueil à Doris... Euh... Je lui ai un peu parlé de toi... Tu verras, c'est une jeune fille charmante, bien élevée et tout... Je suis sûr que vous vous entendrez très bien.

Tu parles ! Compte là-dessus ma vieille ! Je

vais te la recevoir, moi, ta morue de fille ! Non,
mais quoi ? Une poufiasse qui sortait on ne sait
d'où venait se glisser dans la famille comme un
cheveu crasseux sur la soupe, rafler la moitié du
pognon, et il allait falloir la recevoir comme une
princesse de sang royal ? Non, mais il était
vraiment bien du côté cigare, le vieux ? Y avait
pas que le cœur qu'il avait de patraque ; dans le
ciboulot, ça ne collait pas non plus très bien.

Je vais l'accueillir comme une reine, ta fille.
Compte là-dessus, ma vieille pomme. Mais
s'agissait pas de perdre son sang-froid et de faire
le tout-fou.

— Elle arrivera quand, exactement, m'as-tu
dit, papa ?

J'étais parvenu à reprendre mon air naturel ;
fallait tout de même pas mettre la puce à l'oreille
du vioc.

— Elle a dû prendre le ferry-boat vers treize
heures... Débarquement à Calais. Ensuite, le
train jusqu'à Paris, gare du Nord. Changement à
Austerlitz, pour Orléans. Elle se débrouillera
très bien, j'en suis persuadé. Si à Orléans elle
manque le car, elle fera de l'auto-stop. Là-bas,
ils en ont l'habitude. Je pense qu'elle sera ici à la
tombée de la nuit. Malheureusement, il ne m'est
pas possible de pouvoir aller l'accueillir... Je suis
très fatigué... J'ai télégraphié hier... et je n'ai
même pas reçu sa réponse...

Je devais être verdâtre car il leva une main
tremblante et cria presque :

— Le testament n'est pas encore établi,
Roger.

— Pardon ?

— Non... Pas établi... Je m'en suis simplement entretenu avec le notaire, sans plus. Le testament n'est pas encore fait... Oh ! Tu sais, il n'y en aura pas pour longtemps. Cinq ou six lignes, ma signature, et on n'en parle plus. Une simple formalité administrative. Seulement...

— Seulement ?

— Bien que je n'aie vu Doris qu'à peu près une vingtaine de fois depuis sa naissance, je suis sûr qu'elle aime son père. Mais, cependant, vois-tu, je veux avoir la certitude de cet amour filial... Me sentant très mal, je lui ai donc télégraphié. Et je suis persuadé qu'elle va accourir ici. Quand elle sera là, j'aurai, si tu veux, une sorte de preuve qu'elle aime son papa. Oh ! je sais à quoi tu penses : l'attrait de l'argent va la faire se précipiter chez moi. Eh bien, détrompe-toi, Roger, Doris ignore que j'ai... cet argent. Elle me croit, sinon pauvre, juste un tout petit peu aisé. Ce n'est donc pas l'odeur de l'argent qui pourra l'inciter à franchir la Manche sous le prétexte fallacieux de venir à mon chevet... Mais quand elle sera ici, je me rendrai chez le notaire. Cette fois, la démarche sera importante. Le testament sera établi officiellement. Moitié pour toi, moitié pour elle.

Moitié mon... mon œil. Elle pourra se taper sur le ventre, ta pisseuse. Elle aura beau prendre le bateau, le train, tout ce que tu voudras, tu ne la verras pas. Si je ne m'y prends pas comme une cloche, elle n'entrera pas dans cette baraque. Jamais. Je serai le seul à figurer sur le testament.

La « mauvaise fille » étant restée de marbre
devant le cœur malade de son papa, je ramasse-
rai haut la main — et d'ici peu — moi, le bon
fils, les deux cents briques paternelles. Et puis,
d'abord, pourquoi parlait-il de déposer un testament, ce vieux grigou ? Puisque cette Doris était
sa fille... Un enfant adultérin, d'accord. La
môme avait-elle les mêmes droits que moi,
enfant conçu dans le mariage ? Pouvait-elle tout
de même — sans doute par disposition testa-
mentaire spéciale — récolter une part de la
galette ? N'étant pas notaire, il m'était difficile
de répondre à cette question qui tenait de
l'embrouillamini. Est-on obligé de déposer un
testament pour laisser son fric à ses enfants ? Je
ne pense pas. Il devait y avoir là une astuce
d'homme de loi, derrière les fagots. Je n'allais
pas m'amuser à questionner le notaire. Mon
père lui-même devait attendre les éclaircisse-
ments du tabellion à ce sujet... Tout ce brouillard serait dissipé par la disparition de l' « objet » : la môme. Je resterais tout seul en piste,
c'était l'essentiel. Testament déposé à l'étude du
notaire ou pas. Moi, *unique* orphelin, je n'aurais
plus qu'à tendre la — ou plutôt, les deux mains.

Il me regarde avec ses yeux vitreux avec, aux
coins, un peu de pus :

— Elle viendra, Roger. Pour moi, elle est
déjà dans cette maison.

— Tu sais, papa... La jeunesse d'aujour-
d'hui... Bien sûr qu'elle viendra. Te sachant
malade, très malade, c'est un peu normal...
Mais sait-on jamais ?

Son visage changea du tout au tout. On eût dit qu'il venait d'avaler un cafard vivant :

— Si elle ne venait pas... mon pauvre Roger... Oh ! non.

— Tu irais quand même chez le notaire, papa ?

Il ne répondit pas, resta un bon moment la tête inclinée sur sa poitrine. Alors ? Tu réponds ? Finalement, il marmonna :

— Oui, j'irais, bien sûr.

C'était tout ce que je voulais savoir. Je laissai s'écouler une dizaine de secondes puis hasardai tout de même cette question :

— Mais tu irais chez le notaire pour quoi faire, après tout ? Je suis ton fils unique et...

— Il faut mettre tout ça noir sur blanc, tu comprends... De toute façon, il faut un papier... Je veux laisser quelque chose à la vieille femme qui s'occupe de la maison... Oui...

— Pardon ?

Il veut *aussi* me donner sa maladie de cœur, ou quoi ?

— Oh ! ne t'affole pas... Je veux lui laisser quoi... des bricoles... Trois fois rien... Quelques meubles qui pourrissent ici... des bêtises... Ça ne compte même pas...

Ah bien.

— Tout cela doit être mis sur papier, tu comprends... Ce sont des détails administratifs...

D'accord pour ses meubles pourris. J'ai eu peur pendant trois secondes.

S'agissait maintenant de faire très attention et

d'empêcher la fille de venir se jeter au cou de papa Archaut. J'ouvrirais l'œil. J'allais désormais employer tout mon temps, toute ma ruse et toute mon énergie à faire disparaître la môme du champ de son regard ; parce que, manque de pot, mon petit doigt me le disait, cette enflée n'allait pas manquer de rappliquer ici.

Mon père prenait tout ce que lui disait le docteur Courteau pour du bon pain. Le toubib lui avait instamment conseillé de se coucher à l'heure des poules pour décaniller du lit vers midi : dans les quinze heures de ronflette par jour.

Ça ne rata donc pas : A dix-neuf heures trente-cinq, il m'annonça qu'il allait se pager. A son avis, Doris arriverait au « manoir » vers vingt-deux heures. Il me demanda d'être assez complaisant pour l'accueillir — à bras ouverts de préférence — et lui montrer la chambre qu'on lui avait préparée. Le vieux allait se taper un somnifère — un bon truc, pas dangereux pour le cœur — que le toubib lui avait prescrit. J'étais donc tranquille. J'aurais toute la nuit — et la matinée en supplément — pour faire disparaître ma demi-sœur.

Alors que la chère vieille chose montait dans sa chambre, je n'avais encore pas de plan bien arrêté. J'ignorais comment j'allais m'y prendre pour interdire l'accès de la maison à la fille, et, très franchement, je ne savais pas encore si je la tuerais ou non. Je n'allais tout de même pas lui demander de se tailler dès qu'elle mettrait les pieds dans le « parc » ; elle trouverait cela bizarre et, fort probablement, refuserait d'obtempérer à cette invitation qu'elle jugerait pour le moins saugrenue. Il ne fallait surtout pas que son dab sache qu'elle était venue. S'il l'apprenait, c'était foutu. Il aurait sa larme d'attendrissement à l'œil et coucherait la frangine sur son testament.

S'agissait de pas perdre le nord. A huit plombes du soir, j'étais fixé sur le début de mon plan. J'emprunterais la vieille bagnole qui roupillait dans le garage — une Peugeot 202 — et dont mon père ne se servait plus depuis un an ou deux mais qui — je l'avais appris incidemment par la bonniche — marchait encore très bien. Papa Archaut avait prêté son véhicule deux ou trois fois à un voisin ; la tire était huilée, graissée et avait de l'essence dans son réservoir. Je me rendrais à l'arrêt du car avec la chignole et, d'une façon ou d'une autre — j'aviserais sur place — j'inviterais discrètement la fille à monter à mes côtés. Pas de risque de ne la point reconnaître ; j'avais examiné soigneusement la photo et la tronche de miss Doris était gravée dans ma mémoire.

Si, par hasard, et malgré l'heure tardive, des gens du coin voyaient la mignonne attendre le car à Orléans, ils n'en feraient pas un roman et l'oublieraient ; nul ne la connaissait dans la région, et à Orvets personne ne savait que l'ingénieur avait une fille, pas même la bonniche. (Qui avait bien préparé une chambre pour Doris mais ignorait qui, au juste, allait crécher dedans.) Nul ne connaissait la môme. Et c'était tout juste si les ploucs du bled savaient que j'étais le fils Archaut !

Quand il se rendrait compte que sa chère fille lui avait fait faux bond, mon vieux se ferait une raison ; il n'irait pas remuer ciel et terre pour savoir ce qu'était devenue sa môme. Il croirait tout simplement qu'elle se foutait royalement de lui et le tour serait joué. Si papa Archaut se renseignait auprès de la direction de l'institution anglaise, il apprendrait que Doris était bien partie pour la France, mais ce voyage ne prouverait absolument pas que, ayant traversé la Manche, la souris avait rappliqué dare-dare à Orvets. Un seul sac possible : que le vieux aille se mettre dans la tête que Doris s'était fait soulever par quelque amateur de chair fraîche et tendre et qu'il fasse appel à la police, au service des recherches dans l'intérêt des familles. S'il faisait mine de songer à cette éventualité, j'agirais en conséquence pour lui ôter promptement cette idée abracadabrante du cigare.

S'agissait de ne pas s'emmêler les pattes et d'agir avec sang-froid et précision. Entre la station des cars, à Orléans, et le « manoir », il y avait une vingtaine de bornes à tout casser. Durant le parcours de ces vingt kilomètres, il me faudrait réfléchir à m'en faire éclater la marmite et décider de ce que je ferais de la fille.

Après m'être assuré que mon père pionçait comme un bienheureux, je me rendis dans le garage, m'installai au volant de la vieille tire et sortis de la « propriété ». Il était vingt et une heures et la route départementale était déserte,

toute à moi. Je laissai Orvets derrière moi et,
par la forêt, fonçai sur Orléans. J'y fus rapide-
ment. Je garai la Peugeot dans un parking de
marché, à trois cents mètres de la station des
cars. Il faisait frisquet. Un petit vent froid vous
caressait désagréablement les chevilles et le bout
du nez. Je fis les cent pas devant la station
« départ » des autocars. Pas un matou. J'étais
tout seul à poireauter. J'allumai une cigarette et,
tout en marchant, regardai les lumières du
centre de la ville. De l'autre côté de la place,
deux taxis attendaient d'hypothétiques clients ;
j'espérais bien que la fille n'allait pas en prendre
un ; le cas échéant, je l'arrêterais avant et
l'inviterais à me suivre jusqu'à la 202. J'aperçus
d'autres taxis, plus loin, le long de la gare. A un
coin de rue il y avait une brasserie illuminée et
les portes vitrées poussées par les gens qui
entraient ou sortaient scintillaient dans l'ombre
de la nuit. Au-dessus de la gare, un néon
embrasait le ciel, à intervalles réguliers, jetant
dans le noir des lettres flamboyantes d'une
marque d'apéro. Tout ce spectacle nocturne
était bien joli, mais moi je commençais à cailler.
L'envie d'aller me taper un café à la brasserie
me saisit, mais je me retins à temps : inutile de
se faire remarquer.

A dix heures, des gens sortirent de la gare. Le
train de Paris, certainement. D'ailleurs, un car
vint se ranger devant la station. Trois ou quatre
péquenaudes, ayant traversé la place, s'amenè-
rent, chargées de pacsons, et grimpèrent dans le
bahut. Enfin, je vis une silhouette svelte et

jeune, élégante et racée : Doris. Je la reconnus
aussitôt. Assez grande, mince et bien roulée,
vêtue d'un imper gris serré à la taille ; joli visage,
mais creusé et un peu trop pâle pour mon goût.
Des gens montaient dans les taxis. Je marchai
au-devant de Doris, lui barrai le chemin. A la
lueur d'un lampadaire, je constatai que ma
demi-sœur avait les traits plutôt tirés : la fatigue
du voyage, sans doute. A part ça, c'était vraiment un beau brin de fille. Je lui pris carrément
sa valoche, me présentai :

— Je suis Roger Archaut... Votre demi-
frère...

Elle sursauta imperceptiblement et sourit :

— Vous êtes Roger ? Quelle surprise ! Papa
m'a beaucoup parlé de vous...

Nulle trace d'accent anglais.

Un bref regard alentour. Nul n'avait pris
garde à nous. Le car était parti. Plus de taxis.
Les autres voyageurs s'étaient dilués dans la
ville.

— Je suis venu vous chercher... La voiture est
un peu plus loin...

— Une voiture, tant mieux. J'ai horreur des
cars. J'aurais pris un taxi.

— Vous auriez pu ne pas en trouver...

— J'aurais fait du stop.

— Ici, pour l'auto-stop, les gens sont plutôt
réticents... Surtout à cette heure indue... Vous
n'êtes pas en Angleterre...

Elle rit de bon cœur. Nous étions dans le
parking et nous grimpâmes dans la vieille

bagnole. Je mis la valise de Doris sur la banquette arrière, puis démarrai.

Tandis que nous roulions, elle demanda :

— Comment va... votre père ?

Votre père. Elle me le refilait, un peu gênée, sans doute, de s'immiscer dans la famille.

— Votre père est... un peu fatigué, Doris.

Je ne tenais pas à l'inquiéter.

La route était libre. Nous étions dans la forêt. Dans peu de temps, nous arriverions au « manoir ». S'agissait pas de l'y laisser entrer, sinon c'était fichu.

La tuer. Il n'y avait pas d'autre solution. Si je ne la tuais pas, il me faudrait partager le pognon avec elle. La buter et faire disparaître son cadavre. Mon vieux Roger, que je me dis, y a pas trente-six solutions ; c'est ça ou tintin pour les deux cents briques. Je réfléchis cependant un moment : si je ne la tuais pas, que faire ? Lui intimer de rebrousser chemin, de ne pas mettre les pieds aux Sept Chênes, de laisser mon père sans nouvelles d'elle ? Je pouvais tout de même essayer. Ça ne me coûterait rien et, avec un peu de chance, je pourrais faire l'économie d'un crime. Si elle refusait de faire demi-tour — et elle refuserait certainement — elle ne pourrait pas aller raconter la chose à Pierre ou à Paul puisque je la tuerais aussitôt après son refus.

— Vous tenez vraiment à voir votre père ?

— Bien sûr, répondit-elle, tournant vers moi de grands yeux étonnés. Je n'ai pas traversé la mer pour venir admirer les châteaux de la Loire...

— Et si moi je vous disais que, pour vous, l'air du manoir des Sept Chênes n'est pas tellement bon?

— Je ne comprends pas... (Elle essaya de sourire.) Papa aurait-il... une maladie contagieuse?

— Franchement, Doris — je peux vous appeler Doris, n'est-ce pas? — aimez-vous vraiment votre père?

— Mais bien sûr, voyons.

— Un type que vous avez vu tout juste une vingtaine de fois dans votre vie? J'ai peine à le croire.

— C'est mon père... et le nombre de fois n'y fait rien. Certains êtres vivent côte à côte depuis trente ans et se haïssent... D'autres se voient trois fois en dix ans et se feraient tuer l'un pour l'autre.

— Et si je vous apprenais une chose très moche, Doris? (Je ne quittai pas des yeux la route balayée par le pinceau lumineux des phares.) Si je vous disais que... que votre père est... est à moitié fou? Imaginez un vieil homme vivant comme un animal qui...

— Ce n'est pas vrai! jeta-t-elle. Je ne vous crois pas! Je veux voir mon père.

Ouais. Change de disque, Roger. Y a rien à faire. Son paternel, elle irait le voir à quatre pattes ou sur le ventre. Va falloir la tuer, cette petite. N'insiste pas, Roger, ou elle va se tenir sur ses gardes.

— Le voyage ne vous a pas paru trop long, Doris?

— Oh non... C'était très amusant.

— C'est la première fois que vous venez en France ?

— Oui, la toute première fois.

— Quand vous avez reçu le télégramme... Vous ne vous êtes pas trop inquiétée ?

— Si... J'aime beaucoup... mon père. J'espère qu'il ne souffre pas trop.

— Mais non. Le cœur un peu usé, quoi. Mais rien de grave. Le médecin affirme qu'il peut vivre encore très longtemps.

— Tant mieux. Il pourra profiter de...

— Profiter de quoi ?

— De son argent, pardi.

Je tressaillis et la bagnole fit un écart.

— Vous saviez donc qu'il a de l'argent ?

— Eh bien... Enfin... Je me doute qu'il en a...

Tiens... Tiens... Elle saurait donc ? S'amènerait-elle exprès pour ça ?

— Vous ne connaissez personne par ici ?

— Non...

— Vous parlez français sans le moindre accent.

Elle sourit :

— J'ai été élevée dans une institution française...

— C'est juste. J'oubliais.

— C'est encore loin ?

— L'affaire de dix minutes.

Dix minutes. S'agissait pas de lanterner. En Corée, si j'ai bonne mémoire, je tuais beaucoup plus vite. Gare à ton cou frêle, mignonne.

Comment allais-je l'occire ? Je n'avais pas d'arme. On aviserait. Quand on veut à tout prix tuer, on trouve toujours quelque chose pour vous faciliter le boulot.

Mon cerveau tournait à toute allure. Il me fallait la supprimer mais aussi faire disparaître le cadavre de façon adéquate ; si le corps était retrouvé, le vieux l'apprendrait et encouragerait l'enquête de toutes ses forces. Et si j'étais pris... pas besoin de faire un dessin.

— Je ne verrai donc pas mon père ce soir, s'il dort ?

— Je crains que non... Demain.

Elle se mit à me reluquer comme si elle m'avait vu jouer dans quatre ou cinq films :

— Alors... vous êtes Roger. Le fameux Roger, c'est vous.

— C'est moi le fameux Roger.

— Je pense que vous me raconterez vos quinze années d'aventures ?

Bien sûr. Je te raconterai tout ça, ma fille, comptes-y. Tout à l'heure. Quand tu seras morte.

On traversait un bois assez épais ; la forêt devenait très dense. Je ralentis, me rangeai sur le bas-côté de la route et freinai.

— Vous vous arrêtez ?

Ouais ma belle. Pour te tuer.

Je réussis à la faire descendre de la bagnole. Son air étonné me donna presque l'envie de rire. Elle devait probablement s'attendre à autre chose, la cochonne. Je la ceinturai brusquement, la couchai dans l'herbe humide, m'affalai sur elle, l'écrasant de tout le poids de mon corps et commençai à l'étrangler. Déçue, la belle ! Bien sûr, si j'en avais eu le temps, en passant... Je vis son visage terrorisé ; je devais sûrement avoir l'air d'une bête sauvage, d'un horrible fou à lier. Je parvins à saisir un fragment de branche encore verte qui traînait sur un tapis de mousse et, redressant la tête de la môme en l'empoignant par les tifs, en trois coups violents appliqués sur la nuque, sans faire ouf, je lui fracassai le crâne comme à un lapin. Je me relevai, haletant, laissai le corps inanimé de la fille glisser à mes pieds, envoyai le gourdin improvisé promener dans la nature et respirai un grand coup. Une bonne chose de faite. Un souci de moins : elle était morte. Je consultai ma montre : vingt-deux heures dix. J'avais toute la nuit devant moi pour éparpiller son cadavre dans la nature.

Après lui avoir enveloppé le crâne — qu'elle avait désagréablement sanguinolent — dans un vieux sac à patates dégotté dans le coffre de la bagnole, je charriai son corps dans la 202, et regagnai piane-piane la maison endormie.

Je mis la voiture dans le garage, sortis du véhicule le cadavre encore tiède, l'allongeai sur le ciment... Au fait, malgré mes furieux coups de massue, était-elle vraiment *bien* morte, tout à fait rétamée ? Au bord de la route, je ne m'étais fié qu'à des suppositions. J'inspectai soigneusement sa face. Je lui tripotai un peu les joues, soulevai les paupières, ouvris sa bouche... Dans un passé encore récent, j'avais vu quelques

cadavres ; en peu de temps, je réalisai que la fille
était bien morte. Son voyage en France ne lui
avait guère réussi. Pour un peu, si je n'étais pas
revenu au foyer paternel, elle aurait hérité de
tout le magot. Manque de pot pour elle, je
l'avais devancée d'une bonne semaine.

Je n'étais pas mécontent de mon petit crime.
Pour le vieux et pour tout le monde, Doris aurait
bien quitté l'Angleterre, mais débarquée à
Calais, elle aurait pris — pour une raison
inconnue — une tout autre direction que celle
du « manoir ». Chaque jour, en France, des
personnes disparaissent. Le vioc devrait se faire
une raison et admettre que, en fait d'enfant
aimant, il ne lui restait que moi. Et, comme il
l'avait promis, il ferait de bibi son unique
légataire universel.

Je regardai encore le cadavre, qui, si je ne
trouvais pas une combine correcte, allait devenir
légèrement pot de colle.

Après m'être creusé la tête pendant un bon
moment en fumant cigarette sur cigarette, je
pensai au four, dans la forge désaffectée. J'avais
appris par hasard, par la bonniche, que ce four
était parfois utilisé par un type du coin, ferron-
nier et aussi potier, ami de mon père ; l'artisan
venait allumer le four de temps à autre pour
travailler.

Une heure plus tard, le four était allumé. Une
gueule rougeoyante. A ne pas laisser une main
devant, même à un demi-mètre.

Je transportai le cadavre de Doris dans l'ancienne forge et, en m'aidant d'une pelle à long

manche d'acier, enfournai la morte dans le four chauffé à vif. La valoche suivit bientôt sa propriétaire dans le brasier. Je fermai la porte du four et me rendis sur le seuil de la forge où, pour me changer les idées, j'allumai une autre cigarette en regardant le ciel étoilé.

Je pensai à la fumée produite par la macabre et sinistre cuisson. Peu importe. A cette heure, nul n'y prendrait garde.

Au milieu de la nuit, j'ouvris la porte du four. L' « Anglaise » était archi-cuite. Je me félicitai de mes talents landruesques. Restait à éteindre le four et à retirer les cendres de la poupée de cet antre d'horreur.

Cendres que je dispersai au vent, dans le parc sauvage.

Quant aux menus os restés à peu près entiers et aux dents que je recueillis tant bien que mal, je les enveloppai dans un vieux journal et les jetai dans un antique puits perdu sous les branches, au fond du parc.

A l'aube, le four refroidi, je le nettoyai un brin. Et, content de ma journée — pardon, de ma nuit — j'allai me coucher comme un brave.

Je me levai à dix heures et pris mon petit déjeuner. La vieille bonniche me demanda si la « demoiselle » était venue. Je lui répondis que non en faisant une moue d'incompréhension.

Mon vieux décarra du page à midi moins dix. Je lui annonçai que personne n'était venu. Pas plus de Doris que de...

Il se malaxa le menton :

— Elle a dû retarder son voyage d'un jour...

C'est ça, mon pote. Elle arrivera à Pâques, ta fille...

— Elle n'a peut-être pas trouvé de taxi..., ou d'automobiliste bénévole...

— J'ai pris la 202 et je suis allé à Orléans, à la station des cars... Elle n'y était pas.

— Tu y es allé ?

— Oui. Et pas de Doris, papa. Elle nous a fait faux bond.

Nous nous trouvions devant une fenêtre du salon, face au pa.c ; j'essayai de distinguer, sur les herbes, sur les orties, des traces de cendres. Mais il y avait du vent...

— Elle sera sûrement ici ce soir, fit-il.

— Peut-être bien... Mais si elle avait été retardée pour une raison quelconque, elle t'aurait tout de même averti...

— Oui... Mais un empêchement de dernière heure, tu sais...

Le vieux attendit comme cela quatre jours. Progressivement, sa figure changeait à vue d'œil. Il faisait pitié à voir. Il ne dormait plus. Son cœur faisait un sale toc-toc et, le cinquième jour, il eut une syncope.

— Ne l'attends plus, papa... C'est tout simplement une mauvaise fille.

Il s'agissait de le pousser un peu pour qu'il aille chez le notaire. A ce régime-là, il allait me péter dans les doigts sans avoir déposé ses dernières volontés. J'étais son fils, d'accord, et, légalement, j'étais son héritier en titre, mais, si j'avais bonne mémoire, il comptait une flopée de cousins ; et si le testament n'était pas déposé en bonne et due forme, les cousins, les neveux et toute la smala allaient rappliquer comme des vautours, revendiquer, et la succession allait devenir un vrai merdier. Les cousins de la main droite et de la main gauche, c'était sûr, allaient faire un foin du diable pour que je partage le flouze avec eux, et je n'allais pas en sortir. Ils allaient brailler comme des porcs qu'on égorge. Je les connaissais bien. C'était une bonne bande de bouseux qui, malgré leurs lessiveuses pleines de fric, allaient s'ingénier à me priver de ce qui me revenait de droit. J'étais prêt à parier qu'ils allaient me reprocher d'avoir quitté le domicile paternel à l'âge de dix-huit ans et d'avoir laissé mes parents sans nouvelles de moi durant quinze années... De là à me priver de tout droit de succession... Il y a un certain article du Code civil... Indigne de succéder... Accusation calomnieuse contre le défunt... Ma fuite alors que j'étais encore un môme, pour ainsi dire... Une fugue qui avait duré quinze ans... et sans donner signe de vie... De là à affirmer que j'avais calomnié mon père... Ces veaux-là, avec de bons avocats, pouvaient essayer de tourner la loi... chipoter... me foutre de sérieux bâtons dans les roues... Les vautours sont toujours capables de tout...

Il me fallait un testament. Signé. Reconnu, accepté par le notaire. Un document net et sans bavures. Un papier en ma faveur qui prouverait — qui clouerait le bec à tous ces minables — que papa ne m'en avait jamais voulu d'être parti de par le monde.

— Elle ne viendra plus, papa...
— Elle n'a pourtant pas pu me faire ça...
— On dirait que si.

Sa pitoyable tête de cocu faisait peine à voir.

— Mon pauvre Roger...

Tu sais, moi, je m'en fous. Tu te figurais tout de même pas que j'attendais ma demi-sœur avec impatience !

— Après tout, dis-je, tu l'as vue si peu... Elle ne te considérait peut-être pas vraiment comme son père...

Il se passa une main molle sur le front :

— Je n'y comprends rien...

Mais si, mon vieux, tu vas finir par comprendre. Tu vas admettre que ta Doris s'est foutue de toi comme de sa première paire de bas, tiens.

— Téléphone à Brighton, suggérai-je. A l'institution...

— Non... A quoi bon ?

Il semblait las, éteint, fini. Bon à foutre dans la glaise. Une loque.

Une semaine s'écoula. Deux. Il n'alla pas chez le notaire. Je commençais à m'inquiéter sérieusement.

— Et comment va maître Traity ?

— Je ne l'ai pas vu.

Son cœur allait de moins en moins bien.

Un soir, au fromage, on parla encore de Doris :

— Elle est peut-être restée en Angleterre, avançai-je.

— Non. Elle ne viendra plus. Elle n'a jamais vécu en Angleterre.

— Pardon ?

— Je t'ai menti, Roger. Sur toute la ligne. Je ne suis qu'un pauvre type. Je n'ai jamais décroché de diplôme d'ingénieur. Je n'ai jamais inventé de moteur à turbine... Je suis un raté. Je n'ai pas un sou, voilà la pénible vérité. Et cette Doris... n'a jamais été ma fille... Elle n'était que ma maîtresse. Et encore !... Même pas... Une amie... Une jeune et tendre amie... Elle n'a pas dix-huit ans, elle en a vingt-trois. Je l'aimais. Mais pour rien au monde, je ne voulais te l'avouer. J'avais honte, Roger... A mon âge... Révéler ça à mon fils ! Je l'ai connue au printemps, il y a sept mois... Elle voyageait par ici... faisait de la peinture... Elle est revenue au cours de l'été... Nul ne l'a su. Tout se passa en cachette. Je m'étais passé des services de la bonne... Et comme tu as pu le voir, la maison est isolée... Elle a un peu vécu ici... Oui, je l'ai aimée. Et aussi curieux que cela puisse te sembler, elle s'est attachée à moi. Elle ne m'aimait pas, non... Mais c'était... c'était presque mieux... Une amitié étrange..., inoubliable. Elle s'appelle bien Doris. C'est une jeune femme immensément riche... Enfant unique, elle a hérité d'un oncle... Doris est orpheline. Un oncle pétrolier en Amérique, au Texas, je ne sais quoi... Elle a des millions. Des millions de dollars, Roger. Et, seule au monde, elle voulait...

Il s'interrompit et me passa la dernière lettre de la fille. Je me mis à en lire des bribes, complètement lessivé, vidé, ahuri :

« *... D'ici peu, cette fortune sera à vous, Jac-ques... »*

Jacques Archaut, mon père.

« *La leucémie fait des ravages, sournoisement, sans faire de bruit... Je suis condamnée. Je le sais... Je suis seule au monde, je vous l'ai expliqué, Jacques... Je viendrai chez vous à la date pévue, histoire de voir votre grand fils... C'est d'accord... Rassurez-vous, Jacques... Je jouerai le rôle de votre fille, puisque telle est votre volonté... Je me ferai passer pour sa demi-sœur... Je ne discute pas vos scrupules de père... Dès mon arrivée, je me rendrai chez le notaire de votre village et j'établierai mon testament. Vous aurez tout... Votre cœur n'est pas très solide, mais peut-être pourrez-vous profiter de cet argent durant quelques bonnes années... Vous méritez cet argent, Jacques... Vous avez tant travaillé... vous vous êtes donné tant de mal pour rien... Et puis, votre cher fils, s'il revient un jour, pourra bénéfi-cier de cet argent, lui aussi... L'argent aide beaucoup, Jacques... Peut-être pourrai-je passer l'automne auprès de vous ? Et — qui sait ? — l'hiver aussi... Mais la maladie agit rapide-ment... »*

Je froissai machinalement la lettre. Mon père me regarda, pitoyable :

— Tu comprends, à présent, mon petit Roger ? Tant que je n'avais pas la certitude que Doris me mettrait sur son testament, je ne pouvais déposer mes dernières volontés en ta faveur... Je t'aurais légué quoi ? Ce manoir en ruine ? Faire un papier pour ça ? Mais non, voyons ! On établit un testament quand on est riche. Enfin, c'est mon idée.

Cette Doris était-elle une folle ? Une âme extraordinairement charitable ? Sans doute. Une fille à millions, en tout cas.

— Tu vois, Roger... Au seuil de la mort, je serais devenu riche et j'aurais pu te léguer cette fortune pour que tu puisses avoir enfin une vie meilleure... Quand je t'ai vu revenir, j'étais doublement heureux... D'abord, parce que tu étais là... Ensuite, parce que je savais que Doris ne tarderait pas à venir... Tu arrivais à point, comprends-tu ? Pauvre Doris... Pauvre chère Doris... Elle n'avait plus que quelques mois à vivre... Si jeune... Les médecins étaient formels... Mais peut-être va-t-elle tout de même venir ?... Ce qui m'étonne, vois-tu, c'est qu'elle n'ait pas donné signe de vie. Doris n'était pas du tout comme ça... Je pense à une chose terriblement pénible : si cette pauvre gosse mourait en ce moment, tout son argent irait à l'Etat... ou à de très lointains et très hypothétiques cousins... Quelle tristesse !..

Mon regard hébété se promena sur le parc délabré et je sentis dans ma bouche amère comme un goût de cendre.

L'unijambiste de la cote 284   9

Les après-midi de Monsieur Forestier   55

Un fameux coup de pinceau   97

Adieu, ma beauté !   129

Le pétainiste   143

Dame de compagnie   191

Pas de partage   199

DU MÊME AUTEUR

Aux Éditions Gallimard

Dans la collection Série Noire

LE CASSE-ROUTE, *n° 1271*

LA NUIT DES AUVERPINS, *n° 1292*

LES MONTE-EN-L'AIR SONT LÀ !, *n° 1320*

L'INCREVABLE, *n° 1353*

DEUX POURRIS DANS L'ÎLE, *n° 1397*

LUJ INFERMAN' ET LA CLODUCQUE, *n° 1454*

LES 5 MILLIARDS DE LUJ INFERMAN', *n° 1553*

SI JAMAIS TU M'ENTUBES..., *n° 1666*

LES CONGELÉS, *n° 1682*

DES PERLES AUX COCHONNES, *n° 1719*

REFLETS CHANGEANTS SUR MARE DE SANG, *n° 1776*

LUJ INFERMAN' CHEZ LES POULETS, *n° 1795*

Dans la collection Carré Noir

LES MORFALOUS, *n° 206*

LES 401 COUPS DE LUJ INFERMAN', *n° 352*

LES SAUVEURS SUPRÊMES, *n° 389*

PAS D'ORTOLANS POUR LA CLODUCQUE, *n° 422*

Chez d'autres éditeurs

L'OR DES FOUS (J.-C. Lattès)

LE TOURBILLON (J.-C. Lattès)

L'ORCHESTRE D'ACIER (J.-C. Lattès)

MONSIEUR CAUCHEMAR (Néo)

LA CÂLINE INSPIRÉE (Néo)

COMMENT TUER SON MEILLEUR COPAIN (Néo)

LUJ INFERMAN' OU MACADAM CLODO (Néo)

LUJ INFERMAN' DANS LA JUNGLE DES VILLES
  (J. Goujon)

L'ÉPINGLAGE (J. Goujon)

AIME LE MAUDIT (J. Goujon)

UN ASSASSIN ÇA VA, ÇA VIENT (Fleuve Noir, Engrenage)

BAZAR BIZARRE (Fleuve Noir, Engrenage)

LA TENUE LÉOPARD (Fleuve Noir, Engrenage)

CHARENTON NON-STOP (Fleuve Noir, Engrenage)

FEMMES BLAFARDES (Fayard)

Impression Bussière à Saint-Amand (Cher),
le 14 mars 1989.
Dépôt légal : mars 1989.
Numéro d'imprimeur : 7629.
ISBN 2-07-038133-1./Imprimé en France.

14 Hurtebise